Margret Drees · *Die Kinder vom Uhlengrund*

Gartenstraße 10, D-55469 Simmern
Telefon 06761/7142

www.pandion-verlag.de

Zeichnungen: Katharina Haeger

Druck/Weiterverarbeitung:
DP System, Andernach

Printed in Germany

ISBN 3-934524-69-9

Margret Drees

Die Kinder vom Uhlengrund

Spannender Kinder-Krimi aus dem Hunsrück

P V

PANDION

Die Kinder vom Uhlengrund, das sind:

Karoline Mandler	genannt Karo will später einmal Polizistin werden (geht ins 3. Schuljahr)
Kim Mandler	ihre jüngere Schwester (geht ins 1. Schuljahr)
Feodora Reichwein	genannt Fee (geht ins 3. Schuljahr)
Marie Luise Reichwein	genannt Malu (geht ins 1. Schuljahr)
Mandy Holzmann	(geht ins 4. Schuljahr)
Jana Broschalek	(geht ins 1. Schuljahr)
Peter Glas	(geht ins 3. Schuljahr)
Tom Fährer	(geht ins 4. Schuljahr)

„Das ist ein Scheißspiel!“, sagt Kim und blickt wütend zu ihrer großen Schwester hinüber, die sich an ihrem Fahrrad zu schaffen macht und so tut, als habe sie nichts gehört. Aber so schnell gibt Kim nicht auf: „Hey, Karo, das ist zu blöd, wenn ich allein hier bleiben muss, während ihr Fahrrad fahrt. Da hast du dir ein Scheißspiel ausgedacht.“

„Das ist kein Spiel. Das ist echt!“, antwortet ihre Schwester Karo.

Da im Dorf in letzter Zeit des Öfteren in Geschäfte und selbst in Privathäuser eingebrochen worden ist, hat die Polizei die Bevölkerung um erhöhte Aufmerksamkeit gebeten. Karo ist deshalb auf die Idee gekommen, alle Autos, die durch ihre Straße Am Uhlengrund fahren, zu beobachten und die Nummern aufzuschreiben. Sie ist besonders stolz auf ihre Idee, denn wenn in ihrer Straße etwas passieren sollte, dann kann sie der Polizei sogar Autonummern nennen und daneben vielleicht noch wertvolle Angaben machen. Ihre beiden Freundinnen Fee und Mandy haben sich von Anfang an ebenfalls für die „Verbrecherjagd“ begeistert. Selbst Malu, Fees jüngere Schwester, übernimmt ohne zu murren den Schreib- und

Wachdienst, wenn die Reihe an ihr ist. Es ist nur Kim, die sich immer davor drücken will. „Ich kann außerdem noch gar nicht richtig schreiben. Wenn ich schon im zweiten Schuljahr wäre, dann würde ich auch mitmachen." Sie beginnt, ihren Fahrradhelm aufzusetzen.

Nun bricht ein Sturm der Empörung los. Karo und Fee reden durcheinander: „Du willst ja sonst alles mitmachen. Dann bist du nicht mehr zu klein. Entweder du schreibst jetzt auf, oder du kannst in Zukunft allein spielen!"

„Hey, ihr habt doch selbst gesagt, dass es kein Spiel ist. Und ich will spielen oder Fahrrad fahren!"

„Jeder kommt mal dran! Und du auch! Das ist doch nur eine blöde Ausrede, dass du noch nicht richtig schreiben kannst. Die paar Buchstaben von den Nummernschildern malst du einfach nach und die Zahlen kannst du sowieso." Sehr entschieden hat Karo ihre Schwester zurechtgewiesen.

„Aber ich soll doch auch aufschreiben, was für ein Auto es ist. Ich kenne nur ein paar. Es gibt aber noch so viele andere, und wenn sie so schnell vorbeifahren, kann ich mir nicht alles merken." Kim versucht mit allen Tricks, sich zu drücken.

Nun mischt sich auch Malu ins Gespräch ein. Sie hatte etwas abseits im Vorgarten ihres elterlichen Anwesens gestanden und Mühe gehabt, sich den Fahrradhelm aufzusetzen. „Ich gehe auch erst ins erste Schuljahr, genau wie du, und ich kann auch noch nicht so richtig schreiben. Du musst zuerst die Autonummer aufschreiben und dann mit den Buntstiften das Auto danebenmalen. Dafür hast du ja die Buntstifte!" Sie schiebt sie etwas näher an das Heft heran, das bereits aufgeschlagen auf der Bank liegt. Karo hat schon das Datum des Tages eingetragen. Tja, wer Polizistin werden will wie Karo, muss halt gewissenhaft sein, denkt Kim und zieht die Nase kraus.

Es ist nur ein Glück, dass nicht so viele Autos vorbeikommen, denn die Straße Am Uhlengrund ist eine ruhige Nebenstraße.

„Wo bloß Mandy bleibt?", will Fee wissen.

„Kommt, wir holen sie ab!", schlägt Karo vor. Und während sie sich mit ihrem Fahrrad durch das Gartentürchen zwängt, ruft sie ihrer Schwester zu: „Kim, pass auf! Ein Auto!" Die Hunde, die sich bis dahin ruhig verhalten haben, springen nun aufgeregt und laut bellend um Fee und Malu herum, als sie merken, dass die beiden Mädchen Karo folgen. Malu schiebt sie zurück in den Vorgarten und schließt das Türchen hinter sich.

„Was soll ich denn machen, wenn ein weißes Auto kommt? Hier ist kein weißer Farbstift dabei", ruft Kim den Mädchen hinterher.

„Das Papier ist doch weiß!", brüllt Karo zurück, während sie schon losfährt.

Fee will gerade demonstrativ ihre kleine Schwester Malu anschieben, als diese sich zu ihr umdreht und laut protestiert: „Lass mich! Ich zeige ihr grad noch, wie das geht mit den weißen Autos."

„Ach, fall doch nicht da drauf rein. Das weiß sie genau so gut wie du. Merkst du denn nicht, dass sie sich nur so dumm anstellt?" Doch Malu lässt sich nicht beirren. Sie stellt ihr Rad noch einmal ab und geht zu Kim zurück: „Schau, du malst das Auto nur mit dem Bleistift vor und malst es dann einfach nicht weiter aus. Dann ist es doch weiß. Wie hier!" Sie deutet auf entsprechende Eintragungen, die von ihr stammen. Da ist ganz deutlich ein mit Bleistift gezeichneter PKW zu erkennen und daneben ein VW-Zeichen. Ein paar Spalten weiter ein recht gut gezeichneter Kleinbus. Ebenfalls durch das Weglassen der Farbe als weißer Kleinbus zu erkennen. Allerdings fehlt das Firmenzeichen, was Kim sofort bemerkt: „Aber da hast du vergessen, von welcher Firma das Auto stammt", sagt sie.

„Ja, der ist so schnell vorbeigefahren, dass ich mir grad noch die Autonummer merken konnte. Das ist ja wohl das Wichtigste. Also, ich fahr jetzt auch mal los." Wieder versuchen die Hunde, mit Malu durch das Türchen zu schlüpfen.

„Aber vergesst ja nicht, mich nach einer Stunde abzulösen!", ruft Kim ihrer Freundin noch hinterher. „Wenn Mandy nicht pünktlich ist, lass ich alles liegen und haue ab."

Aber dann wird Kim gleich gefordert, denn es kommen unmittelbar hintereinander zwei Autos angefahren, ein dunkelblauer PKW und ein LKW von einer Baustofffirma. Da Kim nur ein ziemlich helles Blau zur Verfügung hat, malt sie ganz vorsichtig mit schwarz darüber, bis sie den gewünschten Farbton erreicht hat. Den LKW malt sie ebenfalls in den entsprechenden Farben und setzt auch die Paletten mit den braunen Pflastersteinen darauf. Sollte noch einmal jemand wagen zu behaupten, sie würde sich blöd anstellen...

***

Malu sieht schon von weitem, dass die Mädchen die Fahrräder vor Mandys Haus abgestellt haben. Nur sie selbst sind nicht zu sehen. Vermutlich saß Mandy noch vor ihrem Computer und hat sie zu sich hereingerufen. Malu stellt ihr Rad ebenfalls ab und klingelt an der Tür. Es dauert eine Weile, bis Karo ihr öffnet und gleich wieder in die Küche zu den anderen zurückgeht. Malu merkt sofort, dass etwas nicht stimmt.

„Aber wenn ihr Fahrrad da ist, dann kann sie nicht weit weg sein“, überlegt Karo.

„Was ist denn los?“, fragt Malu. Sie ahnt noch nicht, worum es geht.

„Mandy ist weder hier zu Hause, noch ist sie bei euch angekommen. Sie ist spurlos verschwunden.

Ich kann mir das nicht erklären." Mandys Mutter wirkt besorgt. „Sie sagt mir sonst immer Bescheid, wenn sie weggeht."

Die Kinder haben den Eindruck, als wenn Frau Holzmann jeden Augenblick in Tränen ausbrechen könnte. „Also", beginnt Karo etwas ratlos, „wir fahren jetzt alle Plätze ab, wo sie sein könnte. Wir werden sie schon finden!"

Die drei Mädchen verlassen das Haus und beratschlagen, wie sie vorgehen wollen. „Auf jeden Fall holen wir Peter und Tom ab und Jana. Die können uns suchen helfen", erklärt Karo. „Dann fahren wir jeweils zu zweit los."

„Wer mit wem?", will Fee wissen.

„Du und Malu, ihr sucht den ganzen Uhlengrund ab: Wäldchen, Baumhaus, die Brücken, den Bach, das Gestrüpp am Bach entlang und so weiter. Peter und Tom durchsuchen alle Geschäfte im Dorf, und Jana und ich, wir nehmen uns den Sportplatz vor, die Schulhöfe, den Marktplatz und die Plätze um die Kirchen herum. Und dann fragen wir alle Bekannten, ob sie Mandy gesehen haben. Also, ihr beide könnt schon los. Ihr schickt mir sofort eine SMS, wenn ihr sie gefunden habt. Ich fahre bei Peter und Tom vorbei, und dann mache ich mich mit Jana auf den Weg. Okay?"

„Los, komm, Malu!" Fee hat es sehr eilig wegzukommen, während Malu noch mit dem Aufsetzen ihres Fahrradhelmes beschäftigt ist. „Hilf mir mal!“, ruft sie ihrer Schwester nach, und gerade, als Fee ihr Fahrrad wendet: „Ist schon gut. Ich hab's geschafft. Der blöde Druckknopf geht nie gleich zu.“

***

Karo hat indessen die beiden Jungs aufgestöbert und ins Dorf losgeschickt, um nach Mandy Ausschau zu halten. Die beiden klappern alle Geschäfte ab: Die Bäckereien, den Schreibwarenladen und suchen in den drei Supermärkten zwischen den Regalreihen. Aber von Mandy keine Spur. „Vielleicht ist sie ja inzwischen wieder aufgetaucht“, meint Tom. „Und wir suchen wie die Bekloppten.“

„Dann hätte uns Karo längst eine SMS geschickt und uns nicht weiter suchen lassen“, entgegnet Peter.

„Aber es gibt ja nichts mehr, wo wir noch nach ihr suchen könnten. Am besten fahren wir jetzt zurück zu den Mädchen.“

***

Inzwischen sind wieder alle zusammen im Vorgarten von Familie Reichwein. Nein, nicht alle, denn Mandy fehlt noch immer. Es ist einfach nicht zu begreifen. Nirgends die geringste Spur von Mandy. Niemand hat sie gesehen, und nirgends ist sie aufgetaucht.

„Also“, überlegt Karo, „wir müssen jetzt ihrer Mutter Bescheid sagen. Die wartet doch auf uns.“

„Diesmal will ich aber mit! Auch wenn mich niemand ablöst.“ Kim beharrt lautstark auf ihrem Recht.

„Was macht ihr denn da?“ Tom betrachtet aufmerksam das Heft mit den Autonummern.

„Das erzählen wir euch später“, versucht Karo abzulenken, aber sie bewirkt gerade das Gegenteil, denn nun interessiert sich auch noch Peter für die Eintragungen.

„Ihr beide könnt uns ablösen, dann seht ihr, was wir machen“, sagt sie. „Ihr tragt sämtliche Nummern von den Autos, die hier vorbeikommen, in das Heft ein, während wir zu Mandys Mutter fahren.“

„Nö“, antwortet Tom. „Das ist mir zu langweilig, und außerdem muss ich noch Hausaufgaben machen.“

„Ich auch“, fügt Peter hinzu, „wenn ich die erst abends mache, krieg ich geschimpft. Aber gebt uns Bescheid, wenn Mandy wieder da ist.“ Und schon fahren die beiden in verschiedenen Richtungen davon.

„Ich schreibe freiwillig die Nummern auf, und Jana kann so lang bei mir bleiben, bis ihr zurückkommt. Dann könnt ihr zu dritt zu Frau Holzmann fahren“, schlägt Malu vor. Sie übernimmt Kims Platz.

Karo, Kim und Fee lassen diesmal die Fahrräder stehen und gehen zu Fuß. Daran sieht man, wie wichtig ihnen die Angelegenheit ist, und dass sie den Weg nutzen wollen, um nochmals über alles zu sprechen.

Frau Holzmann hat sie schon ungeduldig erwartet. „Das gibt's doch nicht!", sagt sie. „Mandy muss doch irgendwo sein. Sie kann sich doch nicht in Luft auflösen. Hoffentlich ist sie nicht entführt worden."

„Vielleicht hat sie sich im Keller versteckt", meint Kim. „Das mach ich auch manchmal."

„Aber ich hab' schon überall nachgesehen", antwortet Mandys Mutter. „In allen Zimmern, in allen Schränken, auf dem Speicher und im Keller. Ich rufe jetzt die Polizei an." Noch in Gegenwart der Kinder wählt sie die 110. Es meldet sich auch sofort eine Männerstimme. Der Herr am andern Ende der Leitung lässt sich von Frau Holzmann eine Menge Fragen beantworten. „Ja", sagt sie ungeduldig, „sie hat sich sonst immer abgemeldet, wenn sie weggegangen ist. Nein, Streit gab es auch nicht. Also nochmals: Als sie von der Schule kam, war alles ganz normal. Sie hat zu Mittag gegessen und ging danach an den Computer. Und seitdem ist sie spurlos verschwunden … Ihre Freundinnen sind gerade hier. Die Mädchen haben das ganze Dorf abgesucht. Alles, wo sie hätte sein können. Nein … Ja …" Das letzte Ja kam sehr gedehnt. Danach legt Frau Holzmann den Hörer auf. „Die Polizei sieht das alles nicht so schlimm. Die meinen, sie würde vor Abend zurückkommen. Ich müsse mich halt ein wenig gedulden. Das käme öfter vor. Es müsse ja nicht gleich etwas passiert sein. Ich habe meinen Mann angerufen. Der macht sich auch Sorgen." Sie grübelt eine Weile vor sich hin. „Jedenfalls danke ich euch. Wenn sie kommt, schicke ich sie sofort zu euch."

***

Die Mädchen wissen nichts Rechtes mit sich anzufangen, wenn man mal vom Autonummernaufschreiben absieht. Ihr einziges Thema ist nämlich Mandy. Sie reden und überlegen und fragen hin und her und kommen zu keinem Schluss, denn sie können sich nicht erklären, wo Mandy sein soll. Sie hätte doch was gesagt, wenn sie was Besonderes vorhätte. Und ihre Mutter weiß ja auch nichts. Das ist etwas, was es eigentlich gar nicht geben kann. Sie sind verzweifelt, weil sie tatenlos abwarten müssen, bis sich etwas tut.

Karo grübelt und grübelt und findet einfach keine Lösung. Mit einem Mal schnappt sie sich ihr Fahrrad und fährt ein paar Mal die Straße auf und ab. Als sie zurückkommt, ruft sie von weitem:

„Hey, wisst ihr was? Die alte Frau Drossel, die die vielen Tiere hat, die hat einen LKW voll so braunes

Zeug bekommen. Rindermulch oder wie das heißt. Das fährt sie jetzt mit der Schubkarre in den Garten. Vielleicht können wir ihr dabei helfen. Oder was meint ihr? Wir fahren einfach mal hin und gucken uns das an, dann kommen wir auf andere Gedanken."

Als Kim Anstalten macht mitzukommen, weist Karo sie zurecht: „Du musst noch weiter aufschreiben. Bis du deine Stunde voll hast. Du bleibst schön hier! Wir lösen dich schon rechtzeitig ab."

Fee und Malu schnappen sich ihre Fahrräder und wollen Karo folgen.

„Also, wenn das Rindermulch von Rindern ist, was Karo da gesagt hat, dann kriegt ihr nachher alle diese schlimme Krankheit BES oder wie das heißt. Ich würde das Zeug nicht anfassen", versucht Kim die Mädchen von ihrem Vorhaben abzubringen.

„Vielleicht helfen wir ja gar nicht. Wir gucken erst mal", antwortet Malu.

„Vergesst ja nicht, mich abzulösen!", ruft Kim ihrer Freundin noch hinterher.

Die Mädchen stellen ihre Fahrräder auf dem Bürgersteig ab und schauen der alten Frau aus einiger Entfernung eine Weile zu, ehe sie sich ihr nähern.

„Haben Sie niemand, der Ihnen hilft?", fragt Fee.

„Ach, ich bin es gewohnt, alles allein zu machen", bekommt sie zur Antwort.

„Wenn Sie wollen, können wir Ihnen helfen", bietet Karo an. „Haben Sie noch mehr Schubkarren?"

„Das ist ja lieb von euch, aber ich hab' leider keine Schubkarre mehr."

„Wir haben zu Hause eine. Die können wir holen. Mein Papa braucht sie im Moment nicht. Der kommt sowieso erst heut Abend von der Arbeit. Und meine Mutter hat bestimmt nichts dagegen." Karo ist davon überzeugt, dass sie ihre Mutter erst gar nicht um Erlaubnis fragen muss, und so geht sie zusammen mit Fee die Schubkarre holen. Vorsorglich bringen sie auch noch zwei Schaufeln mit.

„Und was soll ich machen?", fragt Malu. Sie war bei der alten Frau geblieben und hatte ihr bei der Arbeit zugeschaut und sich mit ihr unterhalten.

„Wir beide verteilen den Rindenmulch. Die beiden", die Frau deutet auf Karo und Fee, „die kippen uns die Schubkarren aus, und wir verteilen alles schön gleichmäßig zwischen den Blumen und Büschen." Sie drückt Malu einen etwas kleineren Rechen in die Hand und nimmt sich selbst den größeren. Dann zeigt sie ihr, was sie zu machen hat. Karo und Fee schaufeln indes fleißig die Schubkarren voll.

Bei der Arbeit erzählen die Mädchen von Mandys Verschwinden und dass sie überall vergebens nach ihr gesucht haben. Die alte Frau begreift sofort, dass die Mädchen sich mit der Arbeit ablenken wollen. Sie tröstet sie ein wenig, indem sie sagt, sie glaube bestimmt, dass Mandy noch vor Abend zurückkomme und versucht, sie ihrerseits abzulenken. So erfahren sie, dass alle Tiere, die hier in Haus und Hof leben, irgendwann einmal ausgesetzt worden sind. Meistens auf dem Grundstück der alten Frau. Die hat sie dann liebevoll aufgenommen, kranke oder verletzte Tiere gesund gepflegt und vor einem grausamen Schicksal bewahrt. Da gibt es eine Menge Katzen, zwei alte Hunde, die am Anfang, als die Kinder das Grundstück betraten, zwar ein bisschen bellten, sich dann aber auf das Zureden ihrer Herrin zurückzogen.

Schnell ist die Zeit um, und Kim muss abgelöst werden. Fee fährt mit ihrem Fahrrad los, und kurz danach erscheint Kim.

„Hallo, Frau Drossel!“, ruft sie schon von weitem der alten Frau zu, stellt ihr Fahrrad ab und gesellt sich zu den anderen Mädchen.

„Kim, ich muss dir was sagen“, bemerkt die alte Frau. „Ich heiße nicht Drossel, ich heiße Fink. Weißt du, die Leute nennen mich zwar Drossel, aber die verstehen auch alle nichts von Ornithologie.“

„Was ist denn Ornithologie?“, will Kim wissen. Sie ist ein bisschen verlegen und versucht, es hinter ihrer Frage zu verbergen.

„Das ist die Vogelkunde. Weißt du, die meisten Leute können Spatzen nicht von Buchfinken unterscheiden und Drosseln nicht von Amseln. Aber das muss man ihnen nachsehen."

„Also gut", sagt Kim. „Ich werde Sie in Zukunft Frau Fink nennen. Das klingt ja auch viel schöner als Drossel." Und nach einer Weile fragt sie, ob sie sich die Tiere mal anschauen dürfe. „Aber alle, wenn's geht. Wenn Ihnen das nicht zu viel Mühe macht, Frau Fink."

„Lass uns grad noch das eine Beet fertig machen, Kim, dann zeig ich euch alle Tiere. Auch die Gänse, die Hühner und die drei Hähne."

„Warum haben Sie denn drei Hähne?", will Karo wissen. „Soviel ich weiß, braucht man doch nur einen."

„Ja, seht ihr!", antwortet Frau Fink. „Das ist auch so eine Geschichte. Eines Morgens fand ich im Hof einen Kartoffelsack, der sich bewegte und jämmerliche Stimmen von sich gab. Als ich ihn öffnete, sprangen drei junge Hähne heraus. Ich tat sie zu meinen Hühnern, wo sie sich von Anfang an recht wohl fühlten. Bis das mit der Kräherei losging. Seitdem habe ich unendliche Scherereien. Zunächst mit der Nachbarschaft und jetzt auch mit dem Amt. Man verlangt von mir, die Hähne abzuschaffen oder sie bis sieben Uhr ruhig zu stellen. Ich zeige euch nachher mal den Brief, falls es euch interessiert. Und dabei sind die Hähne noch ziemlich unschuldig, denn immer nachts, wenn Herr Zippenfels von seinen Kegelabenden nach Hause geht und hier bei mir vorbeikommt, fängt er an, laut zu krähen. Meine Hähne werden davon wach und krähen ebenfalls, weil sie glauben, es wäre Morgen und in der Nachbarschaft würde schon ein anderer Hahn seine Revieransprüche geltend machen."

„Wollen Sie denn die Hähne gerne behalten?", fragt Kim.

„Aber natürlich!", fällt Malu über sie her.

„Ich bringe es einfach nicht fertig, ihnen den Kopf abzuhacken oder abhacken zu lassen. Wenn sie krank wären, vielleicht schon eher. Aber sie sind so gesund und fühlen sich so wohl und sind so glücklich in meinem Garten."

„Können Hähne denn glücklich sein?" Malu wundert sich. „Ich dachte, das können nur Menschen."

„Glücklich sein können auch Tiere", antwortet Frau Fink. „Das merkt man an ganz einfachen Dingen."

„Also, wenn das so ist", sagt Kim entschieden, „dann werden wir Herrn Zippenfels einmal fragen, warum er nachts immer kräht und ihn bitten, es nicht mehr zu tun."

„Gar nichts machen wir!", bestimmt Karo. „Der lacht sich doch nur kaputt, wenn wir ihm sagen, dass er nicht mehr krähen soll. Der hört doch nicht auf uns Kinder." Sie schaut Frau Fink an, als wolle sie ihr klar machen, dass sie selbst Herrn Zippenfels zur Rede stellen müsste.

Frau Fink hat verstanden. „Der würde auch nicht auf mich hören“, sagt sie traurig. „Und mit den Leuten vom Amt habe ich schon gesprochen. Die haben mich angeschaut, als ob ich im Kopf nicht mehr ganz dicht wäre. Drei Hähne! Das solle man sich nur mal überlegen! Die gehörten in die Pfanne gehauen! Die brauchten doch auch Futter. Das Geld, was das koste, könne man schließlich sinnvoller ausgeben. In der Welt würden so viele Menschen hungern. Da komme ich nicht gegen an. Ich werde mich fügen und sie abschaffen.“

Die Mädchen lassen es vorerst dabei bewenden. Wer aber Karo und Kim kennt, der weiß, dass sie sich nicht damit zufrieden geben.

Wie versprochen legt Frau Fink eine Pause ein, als die Arbeit an dem einen Beet beendet ist und zeigt den Kindern ihre Tiere. Die Gänse, die Hühner und die Hähne tummeln sich auf einem eingezäunten Stück Wiese hinterm Haus und können von dort aus durch eine offen stehende Tür in einen Stall gelangen.

„Wenn ihr wollt, könnt ihr im Stall nachsehen, ob die Hühner Eier gelegt haben“, schlägt Frau Fink vor.

Alle drei Mädchen stürmen los und kommen siegessicher mit mehreren Eiern zurück.

„Ach, das Gipsei hättet ihr da lassen können.“ Frau Fink blickt auf Malu, die ein richtiges Ei und eben das Gipsei in ihren Händen hält.

„Ein Gipsei?“, rufen die Mädchen. „Legen die Hühner denn auch Gipseier?“

Frau Fink lacht. „Nein, die legen keine Gipseier. Man legt immer eins ins Nest und lässt es dort liegen. Man kann dann alle anderen Eier wegnehmen, ohne dass die Hühner es merken. Sie können nämlich nicht zählen. Und so lange noch ein Ei im Nest liegt, glauben sie, es wäre von ihnen und kommen immer wieder zum Nest zurück, um dort ihre Eier abzulegen und nicht woanders hin. Die Eier könnt ihr behalten. Die lasst ihr euch heute Abend zu Hause zum Abendessen kochen, und dann sollt ihr mal sehen, die schmecken viel besser als die gekauften. Für Fee und Mandy könnt ihr auch noch welche mitnehmen; in der Küche hab' ich noch Eier von gestern.“

Malu bringt das Gipsei zurück ins Nest und folgt den anderen in die Küche. Dort verteilt Frau Fink Trauben und Schokolade an die Kinder und gibt ihnen noch die versprochenen Eier und auch Süßigkeiten für Fee und Mandy mit.

„Sollen wir Ihnen morgen noch einmal helfen?“, fragt Karo und schaut Frau Fink an.

„Wenn ihr wollt. Ihr müsst nur die Schubkarre mit nach Hause nehmen. Es könnte ja sein, dass euer Papa sie braucht.“

„Die können wir da lassen. Unser Papa braucht sie heute bestimmt nicht mehr.“

„Aber dann stellt sie hinters Haus. Nicht, dass sie wegkommt über Nacht oder beschädigt wird."

Plötzlich haben es die Mädchen sehr eilig, wegzukommen. Außerdem muss Karo Fee ablösen.

„So, du bist für heute erlöst." Karo versucht, einen Spaß zu machen, aber er bleibt ihr im Hals stecken. „Ich schreibe jetzt eine Weile auf, und ihr könnt ein paar Mal an Mandys Haus vorbeifahren. Vielleicht hat sich inzwischen ja was getan, und wir wissen's noch nicht."

***

Vor Mandys Haus ist alles ruhig und unverändert. Nur der Wagen ihres Vaters steht in der Einfahrt. Die Mädchen fahren mehrmals am Haus vorbei, aber es tut sich nichts. Es ist fast Abend geworden, als Karo ihre Sachen zusammenpackt, die immer benötigt werden, um die Autonummern aufzuschreiben. Die drei anderen Mädchen schauen ihr dabei zu.

„Können wir denn gar nichts mehr für Mandy tun?", fragt Fee.

Karo blickt auf. „Was denn? Wir haben schließlich überall gesucht. Mehr können wir im Moment nicht tun."

„Komm, wir fahren jetzt erst mal heim", meint Kim. „Ich hab' fürchterlichen Hunger. Tschüss, Malu; Tschüss, Fee."

***

Selbst beim Abendbrot unterhalten sich Karo und Kim mit ihren Eltern über Mandy.

„Wenn sie nur nicht von einem fremden Autofahrer entführt wurde", meint die Mutter. „Ich sag' euch immer, steigt bloß nicht zu irgendjemand ins Auto!"

„Sie haben keine Chance, wenn sie gewaltsam entführt werden", gibt Herr Mandler seiner Frau zur Antwort.

„Mach den Kindern keine Angst", wird er zurechtgewiesen. „Die trauen sich ja nicht mehr auf die Straße."

Doch dann erzählt sie etwas, was die Mädchen aufhorchen lässt: Der alte Höss habe sich in letzter Zeit wieder auffällig verhalten. Die Mädchen kennen ihn und fürchten sich vor ihm, da er sich oft mit Kindern anlegt, was allerdings nicht ganz unbegründet ist, denn er wird sehr oft geärgert. Außerdem weiß alle Welt, dass er vorbestraft ist. Nun ja, wer einmal einen solchen Makel anhängen hat, kann sich sehr schwer davon befreien. Und da er allein in einem Häuschen am Ortsrand lebt und zudem als Eigenbrötler gilt, macht er sich des Weiteren verdächtig.

„Dem trau ich nicht übern Weg. Es wird doch auch behauptet, der sei pädophil veranlagt." Wenn Frau Mandler geglaubt hat, sich in Gegenwart ihrer Kinder mittels eines Fremdwortes verschlüsselt mit ihrem Mann unterhalten zu können, dann hat sie sich getäuscht.

„Was ist denn pädophil?“, will Kim sofort wissen.

Nun muss Frau Mandler es erklären: „Das bedeutet...“, sie druckst ein bisschen herum, „dass er sich ganz besonders für Kinder interessiert und dass ... em ...“

Die Mädchen sehen sich an. Karo fasst einen Plan, und Kim nimmt sich vor, sich das Wort pädophil zu merken, was auch immer das genau bedeutet.

***

Am nächsten Tag brütet Karo noch über ihren Hausaufgaben, als Kim zu ihr ins Zimmer kommt. „Wie lange hast du denn noch zu tun?“, fragt sie.

„Nicht mehr lang. Aber vorausgesetzt, du störst mich nicht länger.“

Ohne irgendetwas zu antworten, schleicht sich Kim davon. Karo lässt sich eine Weile ablenken, schaut aus dem Fenster und denkt an Mandy. Sie war nicht in der Schule und zu Hause ist sie auch nicht. Wo wird sie bloß sein? Sie kann doch nicht so ohne weiteres spurlos verschwinden. Heute müssen sie etwas unternehmen. Sie können nicht tatenlos zusehen, wenn die Polizei schon nichts unternimmt.

Da läutet auf einmal die Haustürklingel. Karo hört, wie Kim öffnet. Es sind Fee und Malu, die sie abholen wollen.

„Wartet einen Moment! Ich komme gleich“, ruft Karo die Treppe hinunter. Die zwei Sätze, die ihr noch bei ihrem Aufsatz fehlen, die kann sie unmittelbar vor dem Zu-Bett-Gehen schreiben. Sie packt in Windeseile alles zusammen, so dass es aussieht, als ob sie fertig wäre, greift schnell das Heft und die Stifte und eilt zu den Mädchen.

„Weißt du's schon, Karo?“, fragt Fee. „Die Polizei sucht überall nach Mandy.“

„Ja, unheimlich viele Polizisten“, ergänzt Malu. „Und sie haben Schäferhunde dabei.“

„Na, endlich!“, sagt Karo. „Wir gehen jetzt aber erst mal zu euch.“ Denn diese Neuigkeit, dass die Polizei jetzt überall nach Mandy sucht, bringt sie nicht von ihrem Vorhaben ab.

Schon unterwegs erzählt sie von ihrem Plan, den alten Höss zu beobachten. „Der hält Mandy vielleicht gefangen. Dann kann die Polizei nämlich lange suchen. Unsere Mutter traut ihm alles zu. Stimmt's, Kim?“, vergewissert sie sich bei ihrer Schwester.

„Worauf warten wir noch?“, fragt Fee. „Wir holen alle unsere Fahrräder. Dann können wir wie zufällig an seinem Haus vorbeifahren und alles beobachten.“

„Eben nicht die Fahrräder! Ich finde es besser, wenn wir das zu Fuß machen. Wir können dann nämlich alles viel genauer absuchen und entdecken vielleicht etwas, was wir von den Rädern aus nicht gesehen hätten. Aber wer macht den Nummerndienst? Einer muss hier bleiben und aufschreiben."

„Ich nicht!", rufen die drei wie aus einem Mund.

„Also gut! Ich auch nicht. Dann lassen wir's halt mal sein. Mandy ist jetzt wichtiger. Wir gehen alle!"

***

Als die Mädchen beim Gehöft des alten Höss ankommen, sehen sie ihn gerade mit einer Axt aus einem Schuppen kommen.

„O, Scheiße!", entfährt es Karo.

„Was ist denn?", fragt Malu, die sich Karos Ausruf nicht erklären kann.

„Ach, nichts!", versucht Karo zu beschwichtigen.

Der Alte geht zu seinem Traktor, der im Hof steht, lässt den Motor an und fährt davon.

Nun haben die Mädchen Gelegenheit, sich im Hof und im Schuppen umzuschauen. In dem Schuppen liegt alles kreuz und quer durcheinander: Holz, Bretter, Werkzeuge, alte Eimer. Auf einmal entdeckt Kim zwischen all dem Durcheinander ein Haarband. Sie schreit auf: „Das ist von Mandy!"

„Ja, das hab' ich auch schon bei Mandy gesehen." Fee ist ebenfalls ganz aufgeregt.

Während sie noch das Haarband betrachten, ruft Karo dazwischen: „Der kommt schon wieder zurück! Nichts wie weg! Wenn der uns hier erwischt! Nehmt das Haarband mit!"

Die Mädchen können gerade noch rechtzeitig vor dem alten Höss flüchten. Er hat allerdings mitbekommen, dass sie auf seinem Hof waren und ruft ihnen böse Verwünschungen hinterher. Sie laufen, als würde sie der Teufel jagen. Erst im Vorgarten von Fee und Malu kommen sie zur Ruhe. Karo denkt intensiv nach, was jetzt zu tun ist. „Ich hab' eine Idee", sagt sie auf einmal, „aber die wollen wir besprechen, wenn die Jungs dabei sind. Fee und ich, wir fahren los und holen sie her, und ihr beide schreibt inzwischen die Autonummern auf."

Schon nach kurzer Zeit kommen sie mit Peter und Tom zurück.

„Na, da bin ich aber gespannt, was das werden soll", sagt Tom.

„Also hier", sagt Karo und zeigt ihnen das Haarband. „Das stammt von Mandy, und wisst ihr, wo wir das gefunden haben?"

„Ich hab's gefunden!", ruft Kim dazwischen.

„Im Schuppen beim alten Höss! Der hält Mandy gefangen!", fährt Karo unbeirrt fort. „Wir müssen sie da rausholen!"

„Und wie sollen wir das machen?", fragt Peter, der immer sehr praktisch denkt. „Du weißt genau, was der mit uns macht, wenn er uns erwischt."

„Wir müssen! Ehe Mandy was passiert!“ Karo ist sehr energisch geworden.

„Die Polizei sucht ja schon überall. Habt ihr das nicht mitbekommen?“, wendet Tom ein. „Die suchen bestimmt mit hundert Mann alles ab. Und sogar mit Hunden.“

„Ja, sie suchen überall alles ab, nur nicht bei ihm. Mandy ist da, ganz bestimmt.“

„Und was hast du dir mal wieder ausgedacht, was wir machen sollen?“, fragt Peter.

„Heut Abend, wenn's dunkel ist, gehe ich noch mal hin. Aber ich kann das nicht allein machen. Es muss jemand Schmiere stehen. Also, wer geht mit?“ Karo schaut alle der Reihe nach an.

„Unsere Eltern erlauben das bestimmt nicht“, wirft Kim ein. „Das finden sie viel zu gefährlich.“

„Natürlich erlauben sie's nicht. Das müssen wir halt heimlich machen. Abends ab acht Uhr sehen alle Erwachsenen fern. Da können wir uns wunderbar davonschleichen. Und der Alte, der wird auch vor seiner Glotze sitzen. Dann muss jemand von uns durch ein Kellerfenster oder sonstwie einsteigen und alles durchsuchen.“

„Wenn ich's schaffe, heimlich wegzukommen, mache ich mit“, sagt Tom.

„Ich auch“, stimmt Peter zu. „Meine Eltern wollen nach acht Uhr ihre Ruhe haben. Die merken nichts, wenn ich vorher Gute Nacht sage und mich auf mein Zimmer zurückziehe.“

„Ich will aber auch dabei sein", meint Kim, „und ihr doch bestimmt auch?", fragt sie Fee und Malu.

„Na, klar!", bestätigen die beiden. „Wenn alle gehen, sind wir auch dabei."

Tom überlegt und sagt dann an die Mädchen gewandt: „Ihr wart ja heut schon mal dort. Aber Peter und ich noch nicht. Wir müssen unbedingt noch mal hin, so lange es hell ist und uns anschauen, wo man einsteigen kann."

„Dann machen wir's am besten gleich. Ich muss nämlich noch meine Hausaufgaben machen. Und wann sollen wir uns treffen?" Peter schaut Karo fragend an.

Karo seufzt und zieht die Augenbrauen hoch: „Halb neun schlage ich vor. Das ist die beste Schlafenszeit vor der Glotze. Ja, halb neun! Okay?"

„Und was machen wir jetzt?", fragt Malu.

„Natürlich Autonummern aufschreiben", ulkt Tom, während er auf sein Fahrrad steigt. „Was anderes macht ihr ja sowieso nicht mehr."

Nachdem die Jungs weggefahren sind, packt Karo tatsächlich das Heft und die Stifte aus. „Ich übernehme die erste Stunde. Dann weiter, der Reihe nach. Ihr könnt inzwischen machen, was ihr wollt. Vielleicht guckt ihr mal bei Frau Fink vorbei. Schließlich haben wir noch die Schubkarre dort. Aber du löst mich pünktlich ab, Fee!"

Beim Abendessen können Karo und Kim ihre Aufregung wegen der geplanten nächtlichen Befreiungsaktion kaum verbergen. Sie sind froh, als das Telefon läutet und die Eltern abgelenkt werden. Ihre Mutter hat die Lautsprechertaste am Telefon eingeschaltet, so dass die Mädchen alles mithören können. Es ist Frau Reichwein, Fees und Malus Mutter, die angerufen hat. Sie berichtet, dass die Mädchen schon des Öfteren längere Zeit bei Frau Fink waren und ihr im Garten geholfen haben. Die Frauen sprechen aber nicht von Frau Fink, sondern von Frau Drossel. Und eigentlich sagen sie auch nicht Frau Drossel, sondern die Drossel, worüber Karo und Kim sich wundern.

„Aber was ist daran so schlimm?", will ihre Mutter von Frau Reichwein wissen.

„Ich denke, das ist kein guter Umgang für unsere Kinder. Sie hat erhebliche Schwierigkeiten in ihrer Nachbarschaft und sogar mit dem Amt. Stell dir vor, sie hält sich drei Hähne! Die Leute sagen alle, dass sie nicht richtig tickt. Wir müssen unseren Kindern verbieten, dort hinzugehen. Da müssen wir uns einig sein. Wir sind sonst mit blamiert ..."

„Das ist ungerecht!", knurrt Kim, als ihnen ihre Mutter nach dem Telefongespräch mit Frau Reichwein den Umgang mit der alten Frau verbietet.

„Das ist sehr ungerecht!", wiederholt Kim noch einmal. „Und außerdem heißt sie Frau Fink und nicht Frau Drossel. Du verstehst auch nichts von Vogologie!"

„Von was verstehe ich nichts?“, fragt die Mutter.

„Von Vogologie!“

„Das heißt nicht Vogologie“, mischt sich Karo ein. „Ich weiß genau, dass das komische Wort mit Orni angefangen hat. Ich hab' noch gedacht, was hat das mit dem Orni zu tun? Dem Orni aus unserer Klasse.“

„Dann heißt es halt Ornivogologie … oder so ähnlich“, fügt Kim kleinlaut hinzu. „Bloß, weil Frau Fink drei Hähne hat, dürfen wir nicht mehr hingehen. Sie ist aber sehr nett, und die Hähne hat sie sich ja nicht gekauft. Die hat ihr jemand heimlich in den Hof gesetzt. In einem Sack. Und sie bringt es nicht fertig, sie zu schlachten. Deshalb ist sie doch nicht bös.“

„Ja, das wäre ganz gemein, wenn wir nicht mehr hindürften“, bestätigt Karo. „Sie ist wirklich sehr nett und überhaupt nicht verrückt. Sie hat uns ganz frische Eier geschenkt von ihren Hühnern. Du hast überhaupt nicht gemerkt, dass sich deine Eier im Kühlschrank vermehrt haben.“

„Von verrückt spricht ja auch niemand. Ich kenne sie gar nicht. Aber sie wird schon ein bisschen durcheinander sein. Nicht mehr so ganz normal, sonst hätte sie nicht drei Hähne“, versucht die Mutter, noch einmal das Thema mit den Hähnen aufzugreifen. Aber die Mädchen wollen nichts davon hören. Sie verziehen sich stattdessen ohne das übliche Murren in ihre Zimmer. Auch das freundliche Gute-Nacht-Sagen hat die Eltern nicht misstrauisch gemacht. Sie vermuten vielmehr, dass ihre Töchter ein schlechtes Gewissen wegen der Sache mit Frau Fink haben.

Karo hat ihrem Aufsatz noch die zwei fehlenden Sätze hinzugefügt, sich dann ausgezogen und zu Bett gelegt. Ebenso Kim. Vorsichtshalber, falls die Mutter noch einmal ins Zimmer kommen sollte. Allerdings nicht ohne vorher die Sachen zurechtzulegen, die sie in der Nacht anziehen wollen: Dunkle Jeans, die dunkelsten T-Shirts, die sie haben, und die dunkelblauen Regenjacken.

Und ebenfalls vorsichtshalber legt Karo ihr Handy neben das Kopfkissen. Für den Fall, dass sie einschlafen sollte und von den andern geweckt werden müsste. Aber wirklich nur für den Notfall, denn sie hat sich fest vorgenommen, wachzubleiben.

Und sie bleibt es auch! Kim muss jedoch geweckt werden. Sie knurrt schlaftrunken, begreift aber sofort, dass sie sich leise verhalten muss, und obwohl es ihr schwer fällt, springt sie aus dem Bett und schlüpft in ihre bereitliegenden Kleidungsstücke. Beide Mädchen präparieren ihre Betten so, als ob sie selbst darinliegen würden: Dicke Bälle müssen als Köpfe herhalten, und die aufgebauschten Decken werden zusätzlich noch mit den Winterjacken unterpolstert.

Im Wohnzimmer läuft der Fernseher. Genauso, wie Karo es erwartet hat. Nun gilt es, ganz leise aus

Kims Fenster auf das Garagendach zu klettern. Wenn das geschafft ist, ist alles andere ein Kinderspiel. Doch genau in diesem Moment klingelt Karos Handy. Verdamisch! denkt sie und drückt es aus. Als sie auf sicherem Boden stehen, außerhalb ihres Grundstücks und ganz dicht an die Gartenhecke angelehnt, schaut sie nach, wer sie da fast hätte auffliegen lassen. „Alles okay. Ich gehe jetzt los. Peter“, liest sie leise vor.

„Mensch, der Blödmann“, sagt Kim. „Der hat ja einen Sprung in der Schüssel. Fast hätt’ er uns verraten.“

Pünktlich, wie nicht anders zu erwarten, trudeln alle der Reihe nach ein. Sie flüstern aufgeregt miteinander, während sie zum Haus des alten Höss schleichen.

Dort scheint nur in einem Raum Licht zu brennen, und ausgerechnet da ist der Fensterladen zu. Man hört allerdings den Fernseher bis nach draußen.

„Der Alte ist wohl schwerhörig“, flüstert Karo.

„Umso besser!“, meint Tom. „Ich werde mal hochklettern und durch den Spalt reinschauen.“ Doch gleich darauf springt er auch schon wieder von dem Mauerabsatz herunter: „Der ist im Sessel eingeschlafen, und der Fernseher läuft. Auf dem Tisch steht noch das Abendessen: Brot und so.“

„Und was so?“ Karo will es genau wissen.

„Na ja, alles, was man so isst: Wurst, Käse, Nutella ...“

„Nutella?" Karo hat es fast geschrien. „Erwachsene essen doch kein Nutella!" Sie steigt selbst hoch, schaut eine Weile durch den Lichtspalt und sagt abermals entsetzt: „Nutella!", während sie hinunterspringt. „Das ist für Mandy. Der hat Mandy bestimmt ein Nutellabrot geschmiert! Los, wir holen sie raus! Peter, du beobachtest ihn, während Tom und ich ins Haus gehen. Und ihr", sagt sie zu den Mädchen, „ihr beobachtet die Umgebung und gebt sofort an uns weiter, wenn er aufwacht oder sich sonst was verändert. Also los!"

Ungestört können Karo und Tom durch ein Kellerfenster einsteigen und sämtliche Kellerräume durchsuchen. Doch nicht die geringste Spur von Mandy. Es ist zwar alles mit Gerümpel zugestellt, so dass man nicht überall genau hinschauen kann, aber wenn Mandy irgendwo wäre, dann würde sie ja mit Sicherheit ein Zeichen geben.

„Jetzt kann sie nur noch oben in irgendeinem Raum eingesperrt sein", flüstert Karo Tom zu.

„Na, schauen wir da doch auch nach", meint Tom.

Vorsichtig schleichen sich die beiden im spärlichen Schein der Taschenlampe die Kellertreppe hoch. Als sie schon fast oben sind, stößt Tom an irgendeinen Gegenstand. Es muss ein Korb voll leerer Gläser gewesen sein, der plötzlich die Treppe hinunterkullert und einen derartigen Lärm macht, dass die vier draußen vor dem Haus zu Tod erschrecken. Selbst der alte Höss ist davon wachgeworden.

Nun hält es Peter nicht mehr länger auf seinem Wachposten aus: „Pfeift sie zurück! Der ist wach!"

In Windeseile klettern Karo und Tom wieder durch das Kellerfenster. Karo zittert vor Aufregung, und dann laufen sie so schnell wie möglich, bis sie außer Reichweite sind.

„Was war das denn für ein Krach?", fragt Peter. Und die beiden müssen erklären, was sie selbst nicht genau wissen, sondern nur vermuten.

„Okay, wir geben's zu", bestätigt Karo. „Die Sache war ein Reinfall."

„Aber wenn ich Mandy wäre", überlegt Fee, „und ich wäre dort in einem Zimmer eingesperrt, dann würde ich ja um Hilfe rufen."

„Als sie den Krach gehört hat. Spätestens da hätte sie rufen müssen", bestätigt Malu.

„Andererseits haben wir das Haarband bei ihm gefunden. Und die Nutella. Also, umgebracht hat er sie bestimmt nicht, sonst würde ja die Nutella nicht mehr auf dem Tisch stehen", gibt Karo zu bedenken.

„Wenn sie bis morgen Abend nicht aufgetaucht ist, dann können wir ja noch mal einsteigen und die anderen Räume durchsuchen. Vielleicht gelingt es uns dann. Aber jetzt können wir eh nichts mehr tun." Tom ist trotz der ganzen Aufregung müde und möchte ins Bett.

„Wie wär's denn, wenn wir jetzt noch mal einsteigen würden? Wir warten, bis er wieder eingeschlafen ist", meint Karo.

„Und wenn er nicht mehr einschläft, weil er aufpassen muss wegen Einbrechern?" Peter ist skeptisch.

„Also, ohne mich!" sagt Tom. „Dann müsst ihr das allein durchziehen."

Aber dazu ist Karo doch nicht bereit.

***

Zu Hause wollen Karo und Kim auf demselben Weg über das Garagendach wieder zurück in ihre Zimmer. Doch zuvor schleichen sie sich vors Wohnzimmerfenster, um sich zu vergewissern, ob die Eltern noch fernsehen und somit abgelenkt sind. Die sehen zwar fern, haben aber den Ton des Fernsehgerätes abgestellt, um zu hören, wenn ihre Töchter von ihrem nächtlichen Ausflug zurückkommen. In ihrer Aufregung und in der Eile bemerken die Mädchen es nicht.

Die Mutter hatte, nachdem sie schon ausgeflogen waren, noch einmal einen Kontrollgang unternommen, weil Karo gern bis spät in die Nacht liest. Und nun nehmen die Eltern in Kims Zimmer im Dunkeln ihre Position ein und warten, bis die Mädchen durchs Fenster einsteigen. Sie freuen sich insgeheim auf den Schrecken, den die beiden bekommen werden und können selbst die Spannung kaum aushalten.

Es ist eigenartig, aber man spürt auch im Dunkeln die nahe Gegenwart von Menschen, selbst wenn man sie weder sehen noch hören kann, weil sie nicht den geringsten Laut von sich geben. So ergeht es auch Kim, die als Erste durchs Fenster eingestiegen ist. Sie tritt einen Schritt zurück zu ihrer Schwester, die sich unmittelbar nach ihr über die Fensterbrüstung schwingt, und flüstert mit erstickter Stimme: „Karo!" Nur Karo. Aber die erkennt augenblicklich die Gefahr und lässt die Taschenlampe aufblitzen.

Im Lichtstrahl stehen ihre Eltern, die nun ihrerseits die Deckenlampe anknipsen, und dann beginnt ein außerordentlich peinliches Verhör, in dessen Verlauf die Mädchen versprechen müssen, die weiteren Ermittlungen bezüglich Mandy der Polizei zu überlassen.

***

Am nächsten Morgen, schon auf dem Schulweg, erfahren Karo und Kim, dass ihre Mutter noch abends mit den Eltern der an der nächtlichen Aktion Beteiligten gesprochen hat. „Das ist gemein! Da habt ihr auch alle eine Standpauke über euch ergehen lassen müssen." Karo bedauert sie wirklich.

„Na ja, wir haben's überlebt", meint Tom. „Auf

jeden Fall haben wir uns doof angestellt. Mandy könnte frei sein."

***

In der Schule ist es an diesem Morgen nicht wie sonst. Die missglückte nächtliche Befreiungsaktion hat sich herumgesprochen, und die anderen Kinder tuscheln und fragen und wollen alles ganz genau wissen, wie es war.

Zu all dem fährt auch noch in der großen Pause ein Polizeiwagen vor dem Schulhof vor. Ein Beamter in Uniform und einer in Zivil steigen aus und werden schon im Hof vom Rektor begrüßt. Sie gehen gemeinsam ins Lehrerzimmer.

Nach der Pause müssen alle Schüler und Schülerinnen, die mit Mandy befreundet sind, ebenfalls ins Lehrerzimmer kommen. Dort werden sie von dem Herrn in Zivil gefragt, ob sie irgendetwas über Mandys Verschwinden wissen. Die Kinder erzählen haargenau, wie sie davon erfahren haben, und dass sie genau so überrascht waren wie Mandys Mutter, und dass sie schon am ersten Nachmittag praktisch das ganze Dorf nach Mandy abgesucht haben und im Schuppen von Höss ein Haarband von ihr gefunden haben. Allerdings verschweigen sie ihren nächtlichen Besuch dort. Doch auch die Polizei weiß bereits davon und spricht sie darauf an. Nun kann Karo auch von der Nutella erzählen.

***

Am Nachmittag kreist ein Polizeihubschrauber ständig über dem Dorf und im Umkreis von einigen Kilometern. Auch wird ein weiteres Waldstück von mehreren Mannschaften mit Suchhunden abgesucht. Es ist gespenstisch.

„Die glauben wohl, Mandy wäre tot und würde irgendwo liegen“, überlegt Karo.

„Sie kann sich ja lebendig irgendwo im Wald versteckt halten“, widerspricht Kim.

„Und warum sollte sie das tun? Bloß damit alle nach ihr suchen? Versteckspiel mit der Polizei! Nein, das macht Mandy nicht.“ Karo glaubt, Mandy gut genug zu kennen, um zu wissen, dass sie das nicht einfach nur so machen würde. „Das ist heut schon der dritte Tag. Ich kann das nicht begreifen.“ Sie hört, wie sich Kim, die schon mit ihren Hausaufgaben fertig ist, durch die Terrassentür davonschleicht. Karos Gedanken kehren immer wieder zu Mandy zurück, und es fällt ihr schwer, sich zu konzentrieren.

Als sie endlich ferig ist, schnappt sie sich das Heft mit den Autonummern und schwingt sich auf ihr Fahrrad, um zu ihrer Freundin Fee zu fahren. Da sieht sie, dass Kim und Malu vor dem Haus von Herrn Zippenfels auf und ab fahren und vermutlich darauf warten, dass er herauskommt. Die beiden halten plötzlich an und gehen auf das Haus zu. Kim vorneweg und Malu ein paar Schritte hinter ihr her.

„Hallo, Herr Zippenfels!“, beginnt Kim.

Herr Zippenfels sagt ebenfalls „Hallo!“ und schaut die beiden Mädchen fragend an. „Was ist? Wollt ihr was von mir?“

„Ja“, sagt Kim, „wir möchten Sie bitten, nachts nicht mehr zu krähen.“

Herr Zippenfels lacht laut. Karo ist inzwischen dazugekommen. Als Herr Zippenfels endlich aufhört zu lachen, fragt er: „Wer hat euch denn diesen Floh ins Ohr gesetzt? Das kann doch nur die alte Drossel gewesen sein. Ich habe nachts was Besseres zu tun, als zu krähen.“ Er lacht abermals. Aber diesmal nicht mehr so lange.

„Also“, fährt Kim fort, „die meisten Leute verstehen nichts von Ornivogologie. Sie können Spatzen nicht von Buchfinken unterscheiden und Drosseln nicht von Amseln. Die Frau Drossel heißt nämlich nicht Frau Drossel, sondern Frau Fink. Und wenn Sie weiterhin nachts krähen und die Hähne aufwecken, dann muss Frau Fink die Hähne abschaffen. Darum wollen wir Sie bitten, nicht mehr zu krähen.“

„Aber ich sagte euch doch, dass ich nachts was Besseres zu tun habe, als mich um die Hähne von der Frau Fink zu kümmern.“ Herr Zippenfels hat die beiden Wörter Frau Fink ganz besonders betont, und die Mädchen gewinnen den Eindruck, dass er am liebsten wieder Drossel gesagt hätte.

Karo erkennt, dass Kim auf diese Weise nicht zum Ziel kommt. Sie muss ihr helfen. Bloß wie? Mit Erwachsenen ist das nie so ganz einfach. Sie holt tief Luft: „Ich hab' Sie einmal nachts krähen gehört. Da konnte ich nicht schlafen, weil es mir schlecht war und weil ich andauernd brechen musste. Ich stand am offenen Fenster und habe alles genau gesehen und gehört. Auf der Straße haben Sie ein paarmal gekräht, und dann sind Sie in Ihr Haus gegangen. Ich bin mir ganz sicher, dass Sie es waren." Wer Karo kannte, hätte aber gleich gemerkt, dass sie sich gar nicht so sicher war. Eine Notlüge ist schon etwas Außergewöhnliches und bringt auch ein Mädchen, das noch so cool sein will und kann, weil es später Polizistin werden will, schon mal aus der Fassung. ‚Eine Notlüge darf man nur im äußersten Notfall anwenden und wenn man niemandem damit schadet', hat ihre Mutter einmal gesagt. Sie überlegt blitzschnell: Herrn Zippenfels schadet sie nicht, und Frau Fink kann sie nur nützen.

„Warum hält sie auch Hähne und dazu gleich noch drei Stück?" Jedenfalls streitet Herr Zippenfels nicht mehr ab, gekräht zu haben. Karo triumphiert innerlich. Sie ist also schon einen Schritt weitergekommen.

„Sie wurden ihr heimlich in den Hof gesetzt, wie alle anderen Tiere auch. Frau Fink nimmt sie alle auf, pflegt sie gesund und lässt sie leben."

„Na, da wird sie aber noch Spaß bekommen!", behauptet Herr Zippenfels. „Heute Morgen stand nämlich ein alter klappriger Gaul bei ihr im Hof, der noch nicht mal mehr zum Schlachten getaugt hat, weil er krank war und rappeldürr. Der hat ihr den Vorgarten zertrampelt und den Rindenmulch im ganzen Hof verteilt."

Den letzten Satz haben die Kinder schon nicht mehr gehört. Sie müssen unbedingt mit Fee und Mandy über die Angelegenheit sprechen. Ach, Mandy. Sie ist immer in Gedanken dabei, auch wenn sie im Moment nicht da ist. Frau Fink hat ein Pferd! Das ist doch eine tolle Neuigkeit!

Fee sitzt bereits im Vorgarten und hat schon einige Autonummern notiert, die Karo sogleich in ihr Heft einträgt. Sie freut sich, dass ihre Freundin so bereitwillig mitmacht, obwohl sie gar nicht an der Reihe war.

Zuerst spricht Karo mit den Mädchen ab, wer in der nächsten Stunde die Autos kontrollieren soll. Da aber alle das Pferd sehen wollen, bleibt ihr nichts anderes übrig, als die erste Stunde selbst zu übernehmen. An das Verbot der Mütter, Frau Fink nicht mehr zu besuchen, denkt niemand. Oder genauer gesagt, denken vielleicht schon, bloß kann man sich nicht daran halten. Schon gar nicht, wenn es um ein Pferd geht.

Aufgeregt und voller Spannung machen sich die drei Mädchen auf den Weg zu Frau Fink. Die versucht gerade, die Schäden in ihrem Vorgarten, so gut es eben geht, zu beseitigen.

„Hallo, Frau Fink!", ruft Kim schon von weitem.

Frau Fink lächelt, als sie die Mädchen kommen sieht. „Hallo, ihr drei!", antwortet sie. „Aber wo ist denn Karo?"

Als Karos Abwesenheit erklärt ist, fragt Kim sogleich nach dem Pferd.

Während Frau Fink die Kinder zum Stall führt, erzählt sie ihnen, dass das Tier sehr krank sei, aber sie würde hoffen, es wieder gesund pflegen zu können. „Geht nicht so dicht ran! Er ist sehr scheu und schreckhaft. Er muss Schlimmes erlebt haben. Die Geschwüre rühren von Schlägen her." Sie zeigt den Kindern die eitrigen Wunden auf dem Rücken und an den Beinen. „Ich nenne ihn Rocky", sagt sie, „weil ich nicht weiß, wie er in Wirklichkeit heißt. Die Leute, die ihn gebracht haben, hatten ihm zwar einen Brief umgehängt, aber anstatt den Namen des Tieres anzugeben, stand darin nur eine freche Bemerkung. Dass ich ein tolles Geschenk bekäme, während alle anderen Leute im Dorf bestohlen würden. Man würde es doch richtig gut mit mir meinen. Nun, die werden staunen, wenn ich den Rocky wieder hinbekomme."

„Wir helfen Ihnen dabei." Für Kim ist es unwichtig, dass sie es eigentlich gar nicht darf. Erst als Malu sie anschubst und ihr zuflüstert: „Aber wir dürfen doch nicht mehr hierher kommen", da er-

innert sie sich an die Worte ihrer Mutter. Verstohlen blickt sie Frau Fink an. Die verhält sich zunächst so, als habe sie nicht mitbekommen, was Malu geflüstert hat. Doch dann sagt sie: „Es ist gut gemeint von euch, aber ich kann mir denken, dass eure Eltern nicht wollen, dass ihr zu mir kommt." Sie hat Kim aus der Seele gesprochen. Nun kann Kim die Rede auf das heikle Thema bringen. „Aber Frau Fink, wissen Sie denn, was die Leute über Sie reden? Karo und ich, wir glauben das nicht. Wir haben's auch unserer Mama gesagt."

„Ihr wisst ja, wie das ist. Die Leute vom Gegenteil zu überzeugen, was sie glauben, ist nicht so einfach", antwortet Frau Fink traurig.

„Vielleicht schaffen wir's ja", wirft Fee ein.

Rocky ist inzwichen noch unruhiger geworden, als er vorher schon war. Frau Fink gibt ihm eine Hand voll frischer Kräuter und redet beruhigend auf ihn ein. Nur als sie ihn anfassen und ihm über den Kopf streichen will, wehrt er sich und lässt es nicht zu. „Ist ja gut!", sagt sie mit sanfter Stimme, „ist ja gut!" Und dann flüstert sie ihm zu, dass nun alles Schlimme vorbei sei und dass ihm niemand mehr etwas Böses zufügen dürfe. Dafür werde sie sorgen. An die Kinder gewandt erklärt sie, dass Pferde sehr sensibel seien und alles verstünden, was man sage.

„Aber woher wissen Sie das?", will Malu gerne wissen.

„Ach Kind, wir hatten früher zu Hause Pferde, und mein Vater hat immer behauptet, dass ich am besten mit ihnen umgehen könne. So was verlernt man nicht."

„Wenn der Rocky wieder gesund ist, dann werden sie aber viel Futter brauchen. Wo kriegen Sie das denn her?", fragt Malu vorausdenkend.

„Ich werde es kaufen müssen. Lieber schränke ich mich dann etwas ein. Aber Rocky muss nicht hungern."

„Vielleicht können wir Futter suchen. Wenigstens im Sommer. Löwenzahn und so. Wie für unser Kaninchen. Halt eben ein bisschen mehr. Dann brauchen Sie nicht so viel zu kaufen", schlägt Kim vor.

„Zuerst muss er gesund werden. Danach sehen wir weiter. Es ist jedenfalls ganz lieb von euch, dass ihr mir helfen wollt. Ich hoffe nur, dass ich ihn behalten darf", sagt Frau Fink. „Wegen der Hähne habe ich heute wieder ein Schreiben der Verbandsgemeindeverwaltung bekommen. Das ist nun endgültig. Die lassen sich jetzt auf nichts mehr ein. Nun muss ich mir jemanden suchen, der die Hähne schlachtet."

Kim schaut Frau Fink an. „Wer hat Ihnen geschrieben?"

„Die Verbandsgemeindeverwaltung", antwortet Frau Fink.

„Ist das im Rathaus?"

„Ja", antwortet Frau Fink. „Aber warum willst du das so genau wissen?"

„Ach, nur so“, Kim tut so, als ob sie wirklich nicht sehr interessiert wäre.

„Mandy ist immer noch nicht zurückgekommen“, fängt sie plötzlich ein anderes Thema an.

„Ja, ich kann es mir denken. Sonst wäre sie ja bei euch, oder ihr hättet es mir gleich erzählt“, gibt Frau Fink zur Antwort.

„Ich muss Karo ablösen, sonst gibt's Stunk“, sagt Kim und will sich auf den Weg machen.

„Was? Das ist doch noch gar nicht so weit.“ Fee hat genau aufgepasst und wundert sich, dass Kim einmal freiwillig den Nummerndienst übernehmen will. Aber das hat einen ganz anderen Grund. Sie will ihrer Schwester von dem Brief der Verbandsgemeindeverwaltung erzählen und mit ihr beratschlagen, was sie tun könnten. Oder soll sie gleich ehrlich sagen, was sie vorhat? Dann wird die Sache nicht so kompliziert. „Also gut, ich will Karo von dem Brief erzählen.“

„Dann sag's doch auch. Am besten holst du sie gleich her!“, schlägt Fee vor.

Es dauert eine Weile, bis die beiden kommen, denn Kim hat zunächst von dem Brief berichtet und danach mit ihrer Schwester ausgemacht, sofort zur Verwaltung zu fahren.

Karo möchte aber zuerst den Brief lesen. Sie bittet Frau Fink darum.

„Aber warum wollt ihr das so genau wissen?“, fragt Frau Fink.

„Weil's halt gemein ist und ungerecht", antwortet Kim. „Und weil wir jetzt zum Bürgermeister gehen wollen und ihm alles erzählen, und dass ja eigentlich der Herr Zippenfels der Schuldige ist und nicht die Hähne."

„Ich bitte euch, lasst das sein. Das hat keinen Zweck. Gegen Paragraphen kommt man nicht an." Frau Fink wirkt ziemlich niedergeschlagen.

„Kann ich trotzdem den Brief mal lesen?" Karo bleibt hartnäckig.

„Na, dann kommt rein!", fordert Frau Fink die Mädchen auf.

Sie geht vor, und die Mädchen folgen ihr. Auf dem Küchentisch liegt der Brief noch auseindergefaltet. Sie reicht ihn Karo, und Karo beginnt, laut zu lesen:

„Sehr geehrte Frau Fink,
auf Grund einer erneuten Beschwerde durch Ihre Nachbarn wurden wir nochmals darauf aufmerksam gemacht, dass die von Ihnen gehaltenen drei Hähne weiterhin die Nachtruhe erheblich stören. Die von Ihnen an uns zugesicherte Maßnahme, die Hähne wenigstens bis 7.00 Uhr zur Ruhe zu bringen, ist bisher leider ausgeblieben.

Durch den von den Hähnen bereits gegen 5.30 Uhr verursachten Lärm ist die Nachtruhe der Anwohner im besonderem Maße beeinträchtigt.

Nach § 9 der Lärmschutzverordnung sind Tiere so zu halten, dass niemand durch den von ihnen er-

zeugten Lärm derart gestört wird, dass eine Gefährdung der Gesundheit zu befürchten ist.

Gemäß § 9 in Verbindung mit § 10 Abs. 1 der Lärmschutzverordnung ist somit der Tatbestand einer Ordnungswidrigkeit erfüllt und kann nach § 11 Abs. 3 dieser Verordnung mit einem Bußgeld bis zu 1.000,00 Euro geahndet werden.

Wir bitten Sie nunmehr, Ihre Hähne so zu halten, dass künftig ein Verstoß gegen die o. g. Vorschrift unterbleibt oder die Tiere alsbald wie möglich abzuschaffen. Sollten in nächster Zeit weiterhin Beschwerden hier eingehen, sehen wir uns veranlasst, gegen Sie ein Bußgeldverfahren in die Wege zu leiten.

Mit freundlichen Grüßen ...

„Ha, ha, ha, da kann ich ja nur lachen!", meint Karo.

„Ja", bestätigt Frau Fink. „Es ist zum Lachen, wenn's nicht so traurig wäre. Ich weiß nicht, was die sich denken. Soll ich den Hähnen bis sieben Uhr die Schnäbel zubinden?"

„Vielleicht", meint Malu mit todernstem Gesicht, „können Sie ihnen eine Uhr in den Hühnerstall stellen. Die Hähne wissen doch gar nicht, wann sieben Uhr ist."

„Einen Wecker!", verbessert Fee, „der genau um sieben Uhr losweckt."

„Quatsch!", entgegnet Kim. „Da sind die ja schon

längst wach, weil Herr Zippenfels sie vorher wachgekräht hat."

„Wir müssen jetzt was unternehmen, sonst muss Frau Fink tausend Euro bezahlen. Die braucht sie viel nötiger für den Rocky." Malu hat die Idee, zum Bürgermeister zu gehen, aufgegriffen und drängt nun darauf, sie auszuführen.

„Ach Kinder, es hat keinen Zweck! Sie werden keine Ruhe geben. Nicht eher, bis ich die Hähne abgeschafft habe. Ihr braucht gar nicht erst hinzugehen. Die geben nicht nach. Ich kenne das schon. Es ist wirklich lieb von euch, dass ihr euch bemühen wollt", sagt sie, „aber gegen Paragraphen kommt man nicht an."

Inzwischen sind sie alle wieder nach draußen gegangen, und die Mädchen schicken sich an, ihre Fahrräder zu besteigen.

„Wir kommen gegen alle Farragrafen an!", sagt Kim bestimmt, während sie schon davonradelt.

„Du hast schon wieder deinen Fahrradhelm vergessen!", ruft Malu ihr nach.

„Kein Problem!" Kim hält noch einmal an, nimmt den Helm vom Gepäckträger und setzt ihn auf.

Dann fahren alle vier zum Rathaus.

Dort stellen die Mädchen ihre Fahrräder ab, verschließen sie ordnungsgemäß und stürmen die große Treppe zum Haupteingang hinauf. Doch die große Eingangstür ist verschlossen, so sehr sie auch daran rütteln. Sie schauen durch die Glasscheibe. Ein Mann kommt die Treppe herunter und verschwindet hinter einer Tür, ohne die Kinder zu beachten.

Inzwischen hat Fee das Schild mit den Öffnungszeiten entdeckt.

„Nachmittags geschlossen, außer donnerstags“, liest sie vor. „Und heute ist Dienstag. Wir können aber nicht bis Donnerstag warten, dann sind die Hähne tot.“

„Und was machen wir jetzt?“, fragt Malu.

„Wir schauen, ob's noch eine andere Tür gibt, die vielleicht offen ist“, schlägt Karo vor. „Los! Kommt!“

Die Mädchen laufen ums Rathaus herum, und tatsächlich gibt es auf der Rückseite eine zweite Tür. Sie drücken dagegen und oh, Wunder, sie lässt sich öffnen. Doch da kommen ihnen plötzlich drei Herren entgegen.

„Wo wollt ihr denn hin?“, fragt der eine.

„Zum Bürgermeister“, antwortet Kim kleinlaut.

„Und was wollt ihr vom Bürgermeister? Es ist jetzt keine Sprechzeit. Da müsstet ihr ein andermal kommen. Vielleicht am Donnerstagnachmittag.“

„Aber das geht nicht. Dann ist es zu spät.“ Und nun erzählen die Mädchen die Geschichte von den drei Hähnen, die Frau Fink so gern behalten möchte, zumindest einen, und nicht darf, und dass eigentlich Herr Zippenfels der Schuldige ist, der die Hähne nachts zum Krähen bringt, und dass alle Leute die Frau Fink Frau Drossel nennen, ja, eigentlich noch nicht einmal Frau Drossel, sondern ganz einfach die Drossel, was sehr gemein sei, und dass die Frau Fink auch kein bisschen verrückt sei, was die Leute auch behaupten würden, denn sie könne ja sonst die vielen Tiere nicht richtig versorgen.

„Und nun wollt ihr zum Bürgermeister und ihn bitten, dafür zu sorgen, dass die Frau Fink einen Hahn behalten darf. Also gut, wir werden ihm Bescheid sagen, dem Herrn Bürgermeister. Vielleicht geht auch mal jemand zur Frau Fink hin, um sich dort alles anzuschauen“, verspricht der eine Herr.

Gerade als die Mädchen sagen wollen, es müsse aber sofort geschehen, kommt eine junge Frau angelaufen. „Gut, dass ich Sie noch treffe, Herr Bürgermeister, der Herr Landrat lässt Ihnen ausrichten, Sie möchten direkt an die Baustelle kommen und nicht erst in die Kreisverwaltung.“

„Ja, danke“, sagt der Mann, der mit Herr Bürgermeister angesprochen wurde. Es ist der, der sich mit den Mädchen unterhalten hat.

Die Vier schauen sich gegenseitig an, und es ist nicht schwer zu erkennen, dass sie alle sehr verlegen sind. Karo fängt sich als Erste wieder: „Also, wenn Sie der Herr Bürgermeister sind, dann können Sie der Frau Fink doch direkt helfen. Sie könnten uns so ein kleines Briefchen mitgeben“, mit den Fingern deutet sie die Form eines kleinen Zettels an und lächelt dabei sehr freundlich. Es merkt ja außer ihr sonst niemand, dass ihr Herz ganz heftig klopft.

„Und was soll in dem kleinen Briefchen stehen?“, fragt der Bürgermeister, indem er lachend die Augenbrauen hochzieht und die anderen Herren anschaut.

„Dass Frau Fink die Hähne behalten darf und auch den Rocky“, platzt Kim heraus.

„Was wollt ihr mir noch für einen Rocky unterschieben?“, fragt der Bürgermeister jetzt mit ernster Miene.

Nun reden die Mädchen alle durcheinander: „Der Rocky ist ein Pferd. – Das stand heute Morgen bei Frau Fink auf dem Hof. – Es ist aber sehr krank. – Und ganz dünn. – Abgemagert. – Es hat Geschwüre an den Beinen und auf dem Rücken. – Frau Fink will es wieder gesundpflegen. – Nein, sie glaubt, dass sie es wieder hinbekommt. – Sie gibt ihm Kräuter. – Heilkräuter. – Und sie spricht mit ihm, weil Pferde sehr sensibel sind. – Und wenn sie ihn nicht behalten darf, dann wird er getötet, weil er so krank ist.“

„Und wer hat ihr den Rocky gebracht?“, will der Bürgermeister wissen.

„Das weiß sie ja nicht. In der Nacht, als es dunkel war, hat ihn jemand bei ihr im Hof abgestellt“, antwortet Malu und schaut den Bürgermeister mit einem Blick an, der fähig wäre, Steine zum Erweichen zu bringen.

„Tja, was machen wir denn da? Wenn ihr euch so sehr für Frau Fink einsetzt, kann man doch eigentlich nicht nein sagen. Oder was meinen Sie?", fragt der Bürgermeister die beiden anderen Herren.

„Also, wenn Sie mich schon fragen", meint der eine, „das kann man im Grund genommen nicht erlauben. Das nimmt ja Ausmaße an. Das ist heute ein Hahn und ein Pferd, und morgen sind es Elefanten und Tiger aus irgendeinem Zirkus oder Nilpferde und Krokodile aus einem Privatzoo. Das gibt nur Scherereien. Dann kommen noch mehr Leute an, wenn sie hören, dass wir dort eine Ausnahme gemacht haben. Das ist ein reines Wohngebiet, wo Frau Fink wohnt, und dort kommt eine Tierhaltung, abgesehen von Hunden und Katzen, nicht in Betracht. Und die machen schon genügend Ärger."

„Da muss ich Ihnen widersprechen", entgegnet der andere Mann. „In dieser Straße sind die Grundstücke für eine gemischte Nutzung zugelassen, besonders landwirtschaftlicher Art. Frau Fink darf dort Tiere halten, die in einem landwirtschaftlichen Betrieb üblich sind."

„Dann wären ja unsere Schreiben ...", der Bürgermeister zieht eine Augenbraue hoch. „Und warum sagt man mir das erst jetzt?"

„Es tut mir Leid. Ich habe von den Briefen erst erfahren, als sie bereits raus waren. Es ist ja schließlich nicht meine Abteilung. Wenn ich es vorher gewusst hätte, dann hätte ich Sie darauf aufmerksam machen können."

„Also gut, schaffen wir die Sache aus der Welt!"

An die Mädchen gewandt fährt er fort: „Ihr könnt Frau Fink einstweilen mitteilen, dass morgen ein Schreiben an sie abgeht, in dem ihr mitgeteilt wird, dass sie die Tiere behalten kann. Und was Herrn Zippenfels angeht: Dort müsst ihr dafür sorgen, dass er nachts nicht mehr kräht. Ihr scheint ja alles durchzusetzen, was ihr durchsetzen wollt." Lachend wenden sich die drei Herren zum Gehen.

***

Im ersten Moment können die Kinder ihr Glück noch gar nicht recht fassen. Karo schubst die drei anderen Mädchen hinaus. „Zwickt mich mal!", sagt sie. Sie lachen und rennen zu ihren Fahrrädern.

„Frau Fink!", ruft Kim schon von weitem. „Frau Fink, Sie dürfen Ihre Tiere alle behalten. Wir haben mit dem Bürgermeister gesprochen. Morgen bekommen Sie einen Brief."

„Morgen geht der Brief erst raus. Übermorgen wird er hier sein", verbessert Karo ihre Schwester.

„Ja, zum Teufel! Wie habt ihr das denn fertig gebracht?", fragt Frau Fink. Und nun erzählen die Mädchen haargenau, wie alles abgelaufen ist. Dass sie zufälligerweise den Bürgermeister getroffen haben und dass sie nicht nur die Erlaubnis für die Hähne eingeholt haben, sondern auch gleich für den Rocky, weil in ihrer Straße eine gemischte Nützlichkeit zugelassen wäre. „Das hat der eine Mann dem Bürgermeister verklickert", bemerkt Kim. „Der hat's nämlich nicht gewusst, sonst hätte er die Briefe nicht abgeschickt."

„Kinder, das muss gefeiert werden!", sagt Frau Fink. „Ich koche eine Riesenkanne heiße Schokolade und zwei von euch fahren zum Bäcker und kaufen den schönsten Kuchen."

„Aber, Frau Fink, wir können doch nicht feiern, wenn Mandy nicht dabei ist", meint Malu.

„Klar, ihr habt Recht", sagt Frau Fink. „Dann holen wir's nach, wenn sie wieder da ist."

***

Abends erzählt Frau Mandler, sie habe mit Mandys Mutter gesprochen. Sie sei völlig verzweifelt. „Die Polizei hält sie zwar immer auf dem Laufenden, aber sie kann sich keinen Reim drauf machen. Eine Entführung mit Lösegelderpressung kommt nicht in Frage. Zum Einen, weil sich bisher kein Entführer gemeldet hat, und zum Andern sind sie ja auch nicht vermögend. – Und dann ist da was Komisches: Ihre Nachbarin, Frau Schwab, würde behaupten, an dem Tag, als Mandy verschwunden sei, sei auch aus ihrem Garten eine Wolldecke von der Wäscheleine verschwunden, und zwei Tage später seien ihre Möhren und ihr Salat zertrampelt gewesen. Sie bringt es mit Mandy in Verbindung ..."

„Sieht denn die Polizei einen Zusammenhang?", will Herr Mandler wissen.

„Ach wo! Frau Holzmann hat es gar nicht der Polizei erzählt. Solche Kleinigkeiten! Eine angeblich verschwundene Wolldecke! Wer weiß, was damit ist. Vielleicht hatte sie sie gar nicht draußen. Und den Salat können Marder zertrampelt haben. Das ist ja schon öfter vorgekommen. Die toben nachts in den Gärten herum."

***

Wer der Polizei den Hinweis gegeben hat, weiß niemand im Dorf. Oder genauer gesagt, niemand will es wissen, und niemand will es gewesen sein. Vielleicht war auch die Bemerkung der Kinder bezüglich des von ihnen gefundenen Haarbandes ausschlaggebend. Jedenfalls fährt am vierten Tag nach Mandys Verschwinden vor dem Höss'schen Anwesen ein Polizeifahrzeug vor, und mehrere Beamte stürmen ins Haus.

Die Kinder sind gerade mit den Fahrrädern auf der Straße und haben es genau verfolgt. „Na, also!", sagt Karo und ist ganz aufgeregt. Sie stellen ihre

Räder ab und warten gespannt, was weiter passiert. Doch es dauert eine Ewigkeit, bis sich etwas tut.

Diese Ewigkeit nutzen die Beamten, um sich im Haus umzusehen. Was sie finden, stärkt noch den Verdacht, dass der Alte etwas mit Mandys Verschwinden zu tun haben könnte: In dem Raum, in dem er schläft, finden sie ein rosa T-Shirt. Und Mandy trug am Tag ihres Verschwindens ein rosa T-Shirt. Nun muss geklärt werden, ob es dieses ist. Der Alte behauptet zwar, es stamme von seiner Enkelin, die öfter zu Besuch sei, verwickelt sich aber in Widersprüche, als er nach ihrer Anschrift gefragt wird. – Des Weiteren kommt den Beamten auch das Nutellaglas, das immer noch auf dem Küchentisch steht, verdächtig vor.

Hinzu kommt noch, dass die Herumsucherei in seinem Haus und die vielen Fragen der Beamten den alten Höss vollkommen verwirren. Ganz zu schweigen von seiner Wut auf diejenigen, die ihm das eingebrockt haben, wie er sagt. Er muss deswegen öfter längere Zeit überlegen, bis er auf eine der Fragen antwortet. Zum Beispiel kann er nicht gleich sagen, wie alt seine Enkelin ist und wann sie das letzte Mal bei ihm war. Ob sie bei ihm geschlafen habe. Wie viele Enkel er außerdem noch habe.

„Wie oft waschen sie Wäsche?“, wollen sie wissen. „Essen Sie gern Schokolade?“

Die letzte Frage hat er ganz spontan mit nein beantwortet und ist damit in eine Falle getappt.

„Und wieso steht ein Glas mit Nutella auf Ihrem Küchentisch?"

„Manchmal esse ich ein Brot mit Nutella."

„Obwohl Sie keine Schokolade mögen?"

„Wenn Sie's genau wissen wollen, es steht noch von meiner Enkelin da." Er ist ziemlich ärgerlich.

„Sie wollen also sagen, dass Sie seit ihrem Besuch vor fünf oder sechs Wochen, was Sie als öfter zu Besuch bezeichnen, nicht aufgeräumt und auch keine Wäsche gewaschen haben? Wir müssen Sie vorläufig festnehmen!"

„Ich bin unschuldig!", schreit er die Männer an. Doch die packen ihn und bringen ihn zum Auto.

„Ich bin unschuldig!", schreit er immer wieder, und als er die Kinder sieht, wird er erst recht wütend: „Die haben mir das alles eingebrockt. Aber wartet nur! Ich krieg euch noch!"

Die beiden Beamten, die ihn festhalten, sehen sich vielsagend an. Dann reden sie auf ihn ein. Nachdem er im Wagen Platz genommen hat, fahren sie mit ihm davon.

„Da sind aber noch drei im Haus", folgert Karo. „Die durchsuchen jetzt alles. Wenn Mandy da drin ist, dann werden sie sie finden."

„Nicht wie wir." Peter grinst.

„Hör auf! Das ist wirklich nicht zum Lachen", weist Karo ihn zurecht.

„Mandy ist nicht mehr da, sonst wäre sie längst rausgekommen", sagt Kim.

Die Kinder stehen unschlüssig da und warten. Auf einmal fährt ein ähnlicher, allerdings etwas größerer Polizeiwagen, als der, der gerade weggefahren ist, vor und mehrere Herren steigen aus. Einer geht ins Haus. Die anderen warten draußen. Kurz darauf kommt er wieder heraus, spricht mit den Kollegen, worauf sich jeder von ihnen eine Grabschaufel aus dem Wagen nimmt und damit in den Höss'schen Garten geht. Entsetzt beobachten die Kinder, wie sie dort den Boden absuchen und an verschiedenen Stellen anfangen zu graben.

„Oh Gott!", sagt Fee. „Das will ich nicht sehen!" Sie schnappt sich ihr Fahrrad und fährt weg. Schweigend folgen ihr die drei anderen Mädchen. In ihrem Vorgarten treffen sie sich wieder. Für die Mädchen ist es klar: Der alte Höss hat Mandy umgebracht und im Garten verscharrt, und mit Sicherheit hat er den Polizisten schon alles gestanden, sonst würden sie nicht den Garten umgraben.

***

Und was ist nun in Wirklichkeit mit Mandy geschehen? Wieso konnte sie verschwinden, ohne dass jemand etwas gemerkt hat?

Sie hatte sich nach dem Mittagessen, genauso, wie ihre Mutter es beobachtet hat, an ihrem Computer zu schaffen gemacht, das heißt an dem von ihrem Vater ausrangierten, den sie benutzen darf, und war dann heimlich an den neuen Computer ihres Vaters gegangen, der Internetzugang hat. Ihre Eltern haben ihr zwar verboten, unbeaufsichtigt im Internet zu surfen, aber was verboten ist, macht halt besonders Spaß. Und sie wollte sich eigentlich ja auch nur ganz schnell die Homepage von Janas Papa ansehen. Jana hat ihr erzählt, wie lustig seine Homepage ist. Aber da ist es passiert. Mandy weiß nicht wieso und warum. Es gab ein lautes Knacken, noch ehe sie bei der Seite von Janas Papa angekommen war, und der Bildschirm wurde schwarz. Kohlpechrabenschwarz. Sie konnte machen, was sie wollte, es tat sich nichts mehr.

„Verdammt lustig!", flüsterte sie vor sich hin. Wenn es nur ihr Computer gewesen wäre, dann hätte sie es gebeichtet, und Papa hätte ihn repariert oder reparieren lassen. Aber das war eine Katastrophe! Bestimmt war der jetzt kaputt, und Papa brauchte ihn doch beruflich. Mandy konnte sich nichts Schlimmeres vorstellen. Am Liebsten hätte sie sich in Luft aufgelöst. Einfach nicht mehr da zu sein, das wäre das Beste in diesem Fall. Fast automatisch schaltete sie den Computer aus und ging aus dem Haus, ohne ihrer Mutter, die in der Küche hantierte und Radiomusik hörte, etwas zu sagen.

Doch wo sollte sie hingehen? Sie würde ja nirgends allein sein. Also erst mal raus aus dem Dorf! Sie musste irgendwo in Ruhe über alles nachdenken. Der Garten ihres Onkels und ihrer Tante fiel ihr ein. Er liegt am Ortsrand. Da war sie fürs Erste ungestört, denn die beiden sind in Urlaub gefahren. Das Gartentürchen ist zwar immer abgeschlossen, aber im hinteren Bereich des Gartens, hinter der Tannenhecke, war früher ein Loch im Zaun gewesen. Wenn es das noch gab, dann würde sie ganz unauffällig hineingelangen. Richtig, sie fand das Loch im Zaun, aber die Hecke war inzwischen so undurchlässig wie die Dornenhecke um Dornröschens Schloss. Dann musste sie ganz einfach dort über den Zaun klettern, wo es keine Hecke gab. Ein schneller Kontrollblick bestätigte ihr, dass sie von niemandem beobachtet wurde.

Der Schlüssel zur Gartenlaube lag wie üblich unter der Steinplatte vor der Tür. So, das wäre geschafft und sie erst mal sicher vor irgendwelchen Nachstellungen. Sie begann gleich damit, nachzuschauen, was ihr hier in der Laube zur Verfügung stand. Da befanden sich zwei Liegestühle. Mandy klappte einen auseinander und legte sich darauf. Er war zwar nicht so bequem wie ihr Bett, aber zur Not konnte man darauf schlafen. Vielleicht sollte sie sich noch eine Decke besorgen. Da sie im Gartenhäuschen keine sah, fiel ihr ein, dass ihre Eltern am späten Nachmittag, wenn ihr Vater von der Arbeit zurückkam, meist eine Stunde spazieren gingen oder zum Einkaufen fuhren. Das würde sie ausnutzen und sich in dieser Zeit eine Decke von zu Hause holen. Bloß wenn ihr Vater den kaputten Computer sofort entdeckte, dann war alles anders. Was dann geschah, das wollte sie sich lieber gar nicht vorstellen. Eins schien aber sicher zu sein: Eine solche Tochter wollten ihre Eltern nicht haben. Sie musste noch nicht mal weinen, als sie daran dachte, denn es war alles so einfach und so klar, dass es gar keine andere Möglichkeit für sie gab, als abzuhauen. Sie wird also von nun an ohne ihre Eltern auskommen müssen. Was das bedeutete, na ja, das würde sich schon zeigen. Vielleicht ginge sie nach ein paar Tagen weiter weg. In eine Stadt. Nach Koblenz oder Mainz, wo sie schon öfter mit ihren Eltern war. Auf jeden Fall würde sie zurechtkommen.

Sie begann, den alten Küchenschrank nach Brauchbarem zu durchsuchen. Eine paar alte Tassen und Teller, Bestecke, ein Spirituskocher, ein kleiner Emailtopf. Eine Blechdose mit etwas Zucker und eine zweite mit ein paar Teebeuteln. Nippes, Körbchen und leere Plastikdosen und -schüsseln und schließlich in einer großen alten Blechdose, auf der wilde schwarze Vögel abgebildet waren, neben kleineren Werkzeugen wie Schraubenzieher und Zangen auch zwei Schlüssel an einem Ring mit Anhängeschildchen und der Aufschrift „Gartentürchen". Aha, dachte Mandy, nun brauch ich nicht mehr über den Zaun zu klettern, um rauszukommen.

Sie suchte weiter, denn von schwarzem Tee und Zucker konnte sie nicht leben. Sie musste sich also auch noch etwas zu essen und zu trinken besorgen. Wenn sie hier nichts fand, dann woanders. Dem einen Supermarkt könnte sie sich vom Feld her nähern. Sie wusste, dass die Verkäuferinnen oft noch recht brauchbare Lebensmittel in die großen Müllcontainer warfen, die hinter dem Supermarkt aufgestellt sind. Sie schaute auf ihre Armbanduhr. Es war inzwischen 14.45 Uhr. Für den Supermarkt eine gute Zeit. Dann waren bestimmt nicht viele Autos auf dem Parkplatz, und sie konnte ungestört in den Containern herumkramen.

Sie nahm einen Schlüssel von dem Schlüsselring, steckte ihn in ihre Hosentasche, hängte den anderen an einen Nagel an der Wand und machte die Türen des alten Küchenschrankes wieder zu. Dann schloss sie sorgfältig die Tür des Gartenhäuschens von außen ab und legte diesen Schlüssel wieder unter die Steinplatte. Am Gartentürchen wurde die Sache ein bisschen umständlich. Sie musste nämlich durch den Maschendraht greifen, um an das Schloss zu gelangen und den Schlüssel, den sie in der Laube gefunden hatte, auszuprobieren. Aber es gelang ihr, und der Schlüssel passte. Für die Zeit ihrer Abwesenheit schloss sie wieder sorgfältig ab.

Zum Supermarkt gelangte sie, ohne jemandem

zu begegnen. Dort durchsuchte sie alle drei Container nach Essbarem. Sie mussten aber erst vor kurzem geleert worden sein, denn es war kaum etwas darin. Ein paar zermatschte Tomaten, angefaulte Äpfel und welke Gemüseblätter. Mandy rümpfte die Nase. Das war nun wirklich nicht zu gebrauchen. Sie musste sich drinnen im Markt etwas besorgen. Bloß ... Geld hatte sie nicht bei sich. Daran hatte sie nicht gedacht, als sie wegging.

Sie schlich durch die Regalreihen und überlegte. Einfach etwas nehmen, ohne zu bezahlen? Das war gestohlen! Andererseits konnte sie nicht verhungern. Wie sollte sie aber an der Kassiererin vorbeikommen, ohne aufzufallen? Viel durfte es auf keinen Fall sein. Und vor allem nicht groß und sperrig, denn sie musste es unter ihrem T-Shirt verbergen. Eine Packung Butterkekse, die konnte sie unterm T-Shirt unter den Arm klemmen und dann mit „leeren“ Händen an der Kassiererin vorbeihuschen. Ihr Herz klopfte zum Zerspringen. Ach, sie war ja blöd: Wenn sie sich nachmittags von zu Hause die Decke holte, dann konnte sie ja auch ihr wohlgefülltes Sparschwein mitbringen und das Sparbuch. Für später. Dann brauchte sie nicht zu klauen. Sie legte die Kekse ins Regal zurück. Ihr Herz beruhigte sich langsam wieder.

Auf dem Weg zum Ausgang kam sie an den Getränken vorbei. Jetzt spürte sie erst wie durstig sie war. Sie griff sich eine kleine Flasche Apfelsaft, bekam sofort wieder dieses wahnsinnige Herzklopfen, öffnete die Flasche aber trotzdem und trank sie in einem Zug leer. So, das musste sein! Und wenn ihr Herz aus der Brust gesprungen wäre. Aber sie hatte nun doch gestohlen! Jetzt war sie eine Diebin! Eine richtige Diebin! Pfui Teufel!

Eine alte Frau kam mit ihrem Einkaufswagen in ihren Gang. Schnell stellte Mandy die leere Flasche zurück und verließ das Geschäft. Nichts wie weg hier, dachte sie. Außerdem lief sie Gefahr, von jemandem erkannt zu werden.

Während sie über die Felder auf ihr Versteck zusteuerte, dachte sie noch einmal darüber nach, wie unfähig sie sich angestellt hatte, als sie die armseligen Kekse klauen wollte. Und erst dann bei dem Apfelsaft, als sie es wirklich tat. Herzklopfen zum Umfallen!!! Wie furchtbar und wie lächerlich zugleich. Das durfte man ja niemandem erzählen. Also, Klauen, das war wirklich nichts für sie. Das hatte sie ganz eindeutig erkannt. Sie musste andere Möglichkeiten und Wege finden, um über die Runden zu kommen.

Als sie bei ihrer vorläufigen Behausung ankam, war es 15.30 Uhr. Noch zu früh, um nach Hause zu gehen. Sie legte sich erst mal eine Weile auf den Liegestuhl. 15.45 Uhr. War das langweilig! Die Zeit verging so langsam, wenn man allein war. Wenn sie wenigstens ihr Handy dabeihätte. Das hatte sie auch vergessen mitzunehmen. Dann könnte sie

Karo eine SMS schicken. Ach nein! Das ging ja nicht. Die würden Karo so lange ausquetschen, bis sie alles verraten hätte. Deshalb war es gut, das Handy nicht dabeizuhaben.

Sie wüsste zu gerne, was die Freundinnen gerade machten. Aber ganz egal, was sie taten, die langweilten sich bestimmt nicht, dachte Mandy.

***

Endlich war es an der Zeit, nach Hause zu gehen. Die Eltern mussten jetzt unterwegs sein. Mandy machte sich auf den Weg, aber sie erblickte schon aus einiger Entfernung ihre Mutter. Die unterhielt sich an der Haustür mit ihrer Nachbarin, Frau Schwab. Sie war also nicht mit Papa spazieren oder einkaufen gegangen, wie sonst üblich.

Was sollte sie nun tun? Auf keinen Fall wollte sie ihren Eltern begegnen. Die waren bestimmt total wütend wegen des kaputten Computers. Da entdeckte sie in Frau Schwabs Garten eine Wolldecke auf der Wäscheleine. Frau Schwab hatte sie sicherlich zum Lüften rausgehängt, und da sie gerade mit ihrer Mutter ein Schwätzchen hielt, konnte Mandy, noch zusätzlich geschützt von Büschen und hohen Stauden, in aller Ruhe die Decke abhängen. Sie packte sie zu einem festen Bündel zusammen und lief zu ihrem Versteck zurück. Ein Glück, dass ihr Haus am Ortsrand stand und dass sie nicht durch

Straßen rennen musste. Das würde jedem auffallen.

Jetzt hatte sie zwar eine Decke, doch noch immer nichts zu essen. Ob sie es noch mal im Supermarkt versuchen sollte? Sie überlegte. Ganz cool musste man das machen, dachte sie. Aber cool mit Herzklopfen? Das gab's nicht. Wenn bloß das blöde Herzklopfen nicht wäre! Das konnte man ja fast von außen hören. Und schon wieder fing es an, wenn sie nur an Stehlen dachte. Ach verdammt! Wie kriegte sie das bloß weg?

Sie könnte ja alles bezahlen, wenn sie nur an ihr Geld käme. Das würde sie auch sagen, falls sie erwischt werden sollte. Ja, und dann hatte sie auf einmal eine Idee: Sie bezahlt alles, was sie sich nimmt. Später. Dann war es nicht gestohlen, sondern nur geliehen. Und als sie das dachte, wurde sie ganz ruhig. Das Pochen in ihrer Brust hörte auf, und sie konnte wieder normal atmen und denken. Genau so würde sie es machen. Sie „leihte" sich die Sachen und bezahlte später. Irgendwann, wenn alles wieder normal war.

Während sie darüber nachdachte, fiel ihr Blick auf die alte Jeansjacke ihrer Tante, die hinter der Tür an der Wand hing. Sie hängte sie ab und probierte sie an. Natürlich war sie zu groß. Mandy krempelte die Ärmel hoch. So ging es schon eher. Sie prüfte die Taschen. Wunderbar! Da konnte sie einiges drin verschwinden lassen. Die alten Arbeitshandschuhe ihrer Tante, die ließ sie in den Taschen. Falls sie angesprochen werden sollte, weil ein Verdacht auf sie gefallen war, dann würde sie diese einfach herausziehen und vorzeigen und schon musste ihr jeder glauben, dass sie die Taschen mit altem Kram voll gestopft hatte.

Sie lief also nochmals zum Supermarkt, steckte eine Tafel Schokolade, zwei Brötchen und abgepackten Schinken in die Jackentaschen, legte die Arbeitshandschuhe darüber und verschwand unbehelligt. Auch war ihr im Geschäft niemand begegnet, den sie kannte.

***

Am zweiten Tag, als sie sich wieder auf den Weg machen wollte, um sich etwas zu essen zu besorgen, wäre sie der Polizei fast in die Arme gelaufen. Gerade noch rechtzeitig konnte sie umkehren und unbemerkt im Gartenhäuschen verschwinden. Gott sei Dank war das Vorhängeschloss ein Schnappschloss, das sie, indem sie durch den Zaun griff, draußen am Türchen anbringen konnte. So sah es dann immer aus, als sei der Garten verschlossen, und niemand habe ihn betreten.

Aber sie saß nun in der Falle. Sie hörte überall ringsum die Polizeihunde bellen. Manchmal ganz nah. Sicherlich wurde ein Bankräuber gesucht. Oder sogar mehrere. Dass das alles wegen ihr sein könnte, auf diesen Gedanken kam sie nicht. Sie fühlte sich viel zu unwichtig.

Und ihre Eltern? Ob die sie vermissten? Ob sie es der Polizei gemeldet hatten? Wer weiß! Und die Mädchen, ihre Freundinnen? Die hatten sicher nach ihr gesucht und sie nirgends gefunden. Die könnten ihr eigentlich etwas zu essen bringen. Andererseits war es zu gefährlich. Dann hätte sie von ihnen verlangen müssen, dichtzuhalten. Wie das gehen sollte, das hätte sie selbst nicht gewusst.

Aber verhungern wollte sie auch nicht. Sie würde die Dämmerung abwarten und dann noch einmal in Frau Schwabs Garten nach etwas Essbarem suchen. Da gab es nicht nur Blumen und Rasen, wie bei den meisten Leuten, sondern auch Gemüse, Salat und Obst. Das müsste dann erst einmal genügen.

Und genau das machte Mandy auch: Sie holte sich aus Frau Schwabs Garten ihr Abendbrot. –

***

In der zweiten Nacht hatte Mandy noch schlechter als in der ersten geschlafen. Der unbequeme Liegestuhl, die dünne Decke, die nicht zum Einkuscheln reichte und der Hunger. Dieser elende Hunger!

Sie fror und musste sich schütteln. Ein warmer Kakao und frische Brötchen zum Frühstück! Das wäre jetzt was! Sie hatte aber nur noch zwei

Scheiben Schinken, ein paar ungewaschene Blätter Salat und nicht nur Hunger, sondern auch Durst.

Wenn sie den Spirituskocher anbekäme, dann könnte sie sich wenigstens einen heißen Tee kochen. Von dem Regenwasser draußen in der Tonne? Warum nicht? Abgekochtes Wasser ist keimfrei. Sie schaffte es tatsächlich, und so gab es am zweiten Morgen zum Frühstück heißen, süßen Tee, zwei Scheiben Schinken und ein Blatt welken, ungewaschenen Salat. Danach begann für Mandy der zweite Tag, der langweiligste ihres Lebens. (Den allerersten zählte sie nicht mit, denn der war ja nur halb und eigentlich nicht so sehr langweilig, eher aufregend: Der zerstörte Computer, die Flucht und so weiter.)

Was soll man tun, wenn man nichts zu tun hat? Und abhauen, richtig abhauen, das traute sie sich im Moment noch nicht. Es war ja auch gar nicht so einfach, wenn man kein Geld hatte. Genau das war es: Geld! Sie brauchte Geld, dann war alles wieder möglich. Sie dachte an die Bankräuber, die am Tag zuvor von der Polizei gesucht wurden. Ob die es auch aus Hunger getan hatten? Oder aus einem anderen Grund?

Auf einmal hörte sie wieder Hunde bellen, und auch ein Hubschrauber kreiste ständig über dem Dorf und über den Feldern. Sollte denn die Polizei immer noch nach den Bankräubern suchen? Die sind doch längst über alle Berge, dachte Mandy.

Und von dem geraubten Geld machen die sich jetzt einen schönen Tag. Wie ungerecht das doch ist. Die stehlen und trotzdem geht es ihnen gut. Jedenfalls müssen sie nicht hungern. So wie ich.

Ach, wäre sie doch bloß nicht an den Computer gegangen, dann hätte sie alle diese Probleme nicht. – Nie wieder, wenn jemals alles wieder gut werden sollte, wird sie diesen verdammten Computer anfassen!

Wenn doch nur ihre Freundinnen da wären! Karo hätte bestimmt eine Idee, was man machen könnte. Sie suchte ein bisschen in dem Gartenhaus herum und fand schließlich eine alte Zeitung. Fünf Jahre alt und das Papier total vergilbt. Sie versuchte, sich durch Lesen ein wenig abzulenken und die Zeit zu vertreiben. Doch es interessierte sie überhaupt nicht, was vor fünf Jahren in der Politik los war. Sie ging hinaus, drehte eine Runde im Garten, machte an einem Ast des Apfelbaumes ein paar Klimmzüge, denn zu etwas anderem war er nicht zu gebrauchen; er trug nicht einen einzigen Apfel. Danach ging sie wieder ins Häuschen zurück, knüllte die Zeitung zusammen und warf sie in eine Ecke. Die Zeit wollte einfach nicht vergehen.

Gegen Abend, als die Dämmerung einsetzte, schlich sie sich noch einmal in Frau Schwabs Garten, erntete dort ein paar Äpfel, die allerdings noch sehr unreif zu sein schienen, rupfte wieder ein paar Möhren aus und entdeckte die Bohnen.

Wundervolle grüne Bohnen. Mandy liebt Bohnen und stopfte sich die Taschen voll.

Zum Abendbrot verspeiste sie die Möhren und knabberte gelangweilt an den harten unreifen Äpfeln. Die Bohnen verwahrte sie für den nächsten Tag.

***

Dieser nächste Tag ließ sich zunächst genauso langweilig an wie die vorhergehenden, und Mandy dachte ernsthaft darüber nach, was sie machen könnte oder eigentlich machen müsste, um ihre Situation zu verändern. Doch so sehr sie sich auch den Kopf zerbrach, es wollte ihr nichts Gescheites einfallen. Jede Idee, die ihr zuerst recht gut erschien, verwarf sie nach einiger Zeit wieder.

Darüber war es Nachmittag geworden. Sie verspürte plötzlich einen unbändigen Hunger. Wie soll man sich einen gescheiten Plan ausdenken, wenn man solchen Hunger hat? Das geht einfach nicht. Sie hatte noch die Bohnen aus Frau Schwabs Garten. Die waren so sauber, dass man sie nicht mal zu waschen brauchte, und sie schmeckten ungekocht gar nicht mal so schlecht. Nicht nur nicht schlecht, sondern sogar ganz gut. Mandy isst, bis sie keinen Hunger mehr verspürt und legt sich anschließend auf den Liegestuhl. Zur Abwechslung stellt sie sich vor, sie wäre im Urlaub. Irgendwo am Meer, und sie hätte gerade einen riesigen Eisbecher vertilgt. Natürlich mit allen Schikanen. Mit Erdbeeren, Himbeeren, Kiwis, mit ganz viel Sahne und heißer Schokoladensoße. Wie damals in Italien.

Und wie damals wird ihr schlecht. „Vielleicht war das Eis nicht in Ordnung“, sagte ihre Mutter damals. „Oder es war zu viel für dich?“

Aber jetzt hat sie doch gar kein Eis gegessen und schon gar nicht zu viel. Nur Bohnen. Bohnen sind gesund, würde ihre Mutter sagen. Auf Bohnen kann es einem nicht schlecht werden. So wie auf Eis. Na, also, wovon soll ihr denn übel sein? (Was Mandy nicht weiß: Man darf Bohnen nicht roh essen. In rohem Zustand enthalten sie ein Gift, das jedoch beim Kochen verschwindet.)

Mandy versucht einzuschlafen. Bloß, wie soll man schlafen können, wenn der Magen und der Bauch rebellieren? Und es wird immer schlimmer anstatt besser. Fast ist ihr zum Brechen. Sie steht auf und geht ein paar Schritte. Wenn sie sich übergeben muss, dann bloß nicht hier drinnen im Gartenhäuschen, denn sie kann so was nicht wegmachen. Sie läuft vorsichtshalber hinaus in den Garten. Ihr ist, als würde ihr Herz so laut und so schnell pochen wie im Supermarkt, als sie klauen wollte. Und dann überläuft sie ein Schütteln und Zucken, das sie nicht steuern kann.

Zu allem kommt diese furchtbare Übelkeit. In ihrem Mund zieht sich alles zusammen, und auf einmal kommen die zerkauten Bohnen in einem mächtigen Strahl aus ihr herausgeschossen. Sie sind vermischt mit etwas Rotem, was sie aber gar nicht gegessen hat. Obwohl sie sich fürchterlich ekelt, schaut sie genauer hin. Es ist Blut! Blitzartig wird ihr klar: Blut! Ihr eigenes Blut! Sie muss furchtbar krank sein. Vielleicht sogar todkrank. Dann wird sie sterben, ohne ihre Eltern noch einmal gesehen zu haben.

Plötzlich hat sie eine unbezähmbare Sehnsucht nach ihren Eltern. Der kaputte Computer und alles andere ist ihr egal. Sie will nur noch nach Hause. Sie will in ihrem Zimmer in ihrem Bett liegen, wenn sie schon sterben muss, und ihre Eltern sollen am Bett sitzen.

Mit letzter Kraft schafft sie es, das Gartentürchen aufzuschließen. Sie taumelt hinaus, an ein paar Grundstücken vorbei, und dann wird alles schwarz um sie herum, und sie merkt schon nicht mehr, wie sie ohnmächtig zu Boden fällt.

***

Frau Schwab hat sich ernsthaft zum Ziel gesetzt, denjenigen, der ihr Gemüse zertrampelt und klaut, in flagranti, das heißt auf frischer Tat, zu ertappen. Deshalb befindet sie sich in letzter Zeit meistens im Garten. Auch morgens und abends in der Dämmerung. Und sie hält nach allen Richtungen Ausschau nach dem Dieb. Sie wird es den Nachbarn schon beweisen, dass das keine Marder sind, die sich Bohnen, Möhren und Salat holen.

Na, was ist denn das? Sie traut ihren Augen nicht. Da kommt doch Mandy angetorkelt. Was ist denn passiert? Wieso torkelt sie wie ein Betrunkener? Und wo kommt sie her? Während sich Frau Schwab mit diesen Fragen beschäftigt, fällt Mandy vor dem Garten ihrer Nachbarn zu Boden und bleibt auch noch liegen.

Frau Schwab eilt sofort zu ihr, und als sie bemerkt, dass das Mädchen bewusstlos und nicht ansprechbar ist, lässt sie es liegen und läuft zu Holzmanns, um Hilfe zu holen.

***

Ganz langsam kommt Mandy wieder zu sich. Ihre Eltern sitzen an ihrem Bett, so wie sie es sich gewünscht hat. Aber es ist ja gar nicht ihr Bett und auch nicht ihr Zimmer.

„Wo bin ich?“, fragt sie. Das Sprechen fällt ihr unendlich schwer.

„Bleib ganz ruhig!“, sagt ihre Mutter. „Wir sind hier im Krankenhaus. Es kommt alles wieder in Ordnung.“ Mandy überkommt ein wunderbares Gefühl von Geborgenheit. Doch da fällt ihr der Computer ein.

„Aber seid ihr mir denn nicht bös’?“ Es kostet sie viel Kraft, das zu fragen.

„Eigentlich solltest du den Hintern versohlt kriegen“, sagt ihr Vater.

„Ich weiß“, gibt Mandy zur Antwort, „das kannst du mir nie verzeihen.“

„Lass sie gehen!“, gemahnt ihre Mutter, „du siehst doch, dass sie noch ganz durcheinander ist.“

„Ich bin nicht durcheinander“, protestiert Mandy. „Ich weiß ganz genau, dass ich den Computer kaputtgemacht hab'.“

„Welchen denn? Deinen? Der ist nicht kaputt. Ich habe doch nachgesehen, ob du dort vielleicht eine Nachricht hinterlassen hast“, entgegnet ihr Vater.

„Nein, deinen neuen.“ Zögerlich rückt Mandy damit heraus.

„Der ist auch nicht kaputt, und es ist auch nichts Wichtiges gelöscht.“

„Dann hätt' ich ja gar nicht wegzulaufen brauchen“, überlegt sie.

„Deswegen bist du weggelaufen?“, fragt ihre Mutter. „Du weißt gar nicht, was wir ausgestanden haben in der Zeit. Einfach ohne ein Wort von zu Hause wegzulaufen. Man kann über alles reden. Dann ist selbst das Schlimmste nur noch halb so schlimm.“

„Also, wenn ich Papas neuen Computer wirklich kaputtgemacht hätte. Da wärt ihr schon ganz schön sauer.“

„Gelobt hätten wir dich nicht. Aber wenn einem

solch ein Malheur passiert, sollte man auch dazu stehen. Notfalls eine Strafpredigt über sich ergehen lassen. Aber deswegen wegzulaufen! Da ist kein Grund wichtig genug! Die Polizei hat sich mit uns gefreut, dass alles so glimpflich ausgegangen ist."

„Die Polizei?", fragt Mandy verwundert.

„Ja, natürlich! Die hat dich überall gesucht mit Hubschrauber und Suchhunden. Und deine Freundinnen und Freunde nicht zu vergessen. Die haben schon gleich am ersten Nachmittag alles abgesucht. Aber auf die Idee, dass du in Onkel Ferdinands und Tante Rias Gartenhäuschen sein könntest, kam niemand."

Und dann muss Mandy erzählen, wovon sie sich außer Bohnen ernährt hat. Dabei kommen die so genannten „Ausleihaktionen" im Supermarkt zur Sprache. Peinlich! Peinlich!

„Das ist ganz einfach", meint ihre Mutter. „Du schreibst alles, was du dir geholt hast, auf einen Zettel, gehst damit hin und bezahlst es."

„Wenn du mal einkaufen gehst, dann geh ich mit. Denn wenn du dabei bist, krieg ich vielleicht nicht geschimpft."

Die Mutter kommt nicht mehr dazu, zu antworten, denn der Arzt kommt ins Zimmer. Als er sieht, dass Mandy wieder ansprechbar ist, fragt auch er nach den Gründen für ihre heimliche Flucht.

***

Auf dem Nachhauseweg von der Schule kommen die Mädchen an dem Höss'schen Haus vorbei. Es übte schon immer einen magischen und zugleich beängstigenden Eindruck auf sie aus. Aber seit Mandys Verschwinden, und erst recht, seit die Polizisten den Garten umgewühlt haben, überfällt sie jedes Mal ein Schauder, wenn sie nur in die Nähe kommen. Doch anstatt wegzuschauen und möglichst schnell vorbeizugehen, ist es, als würden sie durch diesen magischen Schauder noch angezogen, sich alles ganz genau anzusehen.

So bleiben sie auch diesmal vor dem Hof stehen und bemerken nicht, wie der Alte die Straße heraufkommt und genau auf sein Haus und damit auch auf die Mädchen zusteuert. „Verschwindet!", herrscht er sie an.

Zutiefst erschrocken drehen sie sich zu ihm um und glauben, einen Geist vor sich zu sehen. Doch der Geist ist allzu echt. „Das habt ihr mir doch eingebrockt! Aber wartet nur!"

Kim ist die Erste, die einen klaren Gedanken fassen kann: Nichts wie weg! Sie rennt los und ruft: „Pedrovieler! Pedrovieler! Pedalevieler!" Das ist zwar nicht das Wort, das ihre Mutter gebraucht hat. Aber so ähnlich.

Die andern Mädchen sind ihr gefolgt.

„Was rufst du denn da?", will Malu wissen.

„So nennt man die Kerle, die Kinder quälen“, gibt Kim zur Antwort.

„So heißt das doch nicht“, sagt Karo, „und außerdem kriegt er dann erst recht Wut, wenn wir das rufen.“

„Er hat's ja gar nicht gehört“, verteidigt sich Kim.

„Und warum rufst du's dann?“

„Ich musste meine Wut rauslassen!“

Die Mädchen wissen ja noch nicht, dass Mandy zurückgekommen ist. Sie verdächtigen immer noch den alten Höss. Fee überlegt: „Wieso kann die Polizei den denn freilassen, wo doch alles gegen ihn spricht?“

„Die Beweise genügen halt nicht. Was hatten wir schon außer dem Haarband?“ Karo fühlt sich ganz in der Rolle der Ermittlerin. „Wir werden ihn weiter beobachten. Nach den Hausaufgaben treffen wir uns bei euch im Garten. Dann fahren zwei von uns an sein Haus, und die andern schreiben Autonummern auf und beobachten sonst alles, was verdächtig ist.“

„Ich will den alten Höss beobachten. Das find' ich am Spannendsten“, meldet Kim ihre Rechte an.

„Bild' dir nichts ein! Es wird sowieso nach einer Stunde gewechselt. Dann ist's egal, ob man als Erster oder als Zweiter drankommt“, weist Karo sie zurecht.

Während des Gesprächs sind sie bei Mandlers angekommen. Die Mutter erwartet die Mädchen schon und ruft ihnen von der Haustür aus die Neuigkeit von Mandy zu.

„Was? Mandy ist wieder da? Wo war sie denn so lang?“, fragen die Mädchen durcheinander.

„Sie ist soeben mit ihren Eltern aus dem Krankenhaus gekommen. Ihre Mutter hat mich kurz angerufen, dass alles in Ordnung ist. Ihr werdet ja dann Näheres von Mandy selbst erfahren.“

Am liebsten würden sie auf der Stelle zu ihr hingehen. Aber das weiß die Mutter zu verhindern: „Lasst sie erst mal in Ruhe. Sie wird schon zu euch kommen, sobald sie kann.“

Das kann Mandy schon nach dem Mittagessen. Es geht ihr wieder gut, und sie kann es ebenfalls kaum erwarten, die Freundinnen zu treffen, denn sie hat ja so viel zu erzählen! Und außerdem muss sie im Supermarkt noch ihre Schulden bezahlen. Da ihre Mutter es abgelehnt hat, mitzukommen, sucht sie Begleitung, denn die Sache ist ihr äußerst peinlich. Wie sie ihre Freundinnen kennt, gehen die mit ihr. Gut, wenn man sich auf seine Freundinnen verlassen kann.

Aber zuallererst müssen sie sich gegenseitig alles erzählen. Zeitweise reden sie wild durcheinander, so aufregend ist die Geschichte. Und der alte Höss hat ja nun doch nicht das Geringste mit der Sache zu tun. Mandy läuft es kalt über den Rücken, als ihr die Mädchen erzählen, wie die Polizei seinen Garten umgegraben hat und nach ihr beziehungsweise nach ihrer Leiche gesucht hat. Und wo sie überall nach ihr gesucht haben! Und auch Peter und Tom. Und erst die Polizei! Der Hubschrauber ist einen Nachmittag lang über ihnen gekreist. Da hatte sie sich aber super gut versteckt!

Dass es zeitweise sehr langweilig war, dort in dem Versteck, das können sich die vier gar nicht so recht vorstellen. Und dass sie Hunger leiden musste, das hätten sie auch nicht gedacht.

„Man nimmt sich doch von zu Hause etwas mit, wenn man abhaut", meint Karo. „Ich würde mir jedenfalls genügend mitnehmen. Einen ganzen Rucksack voll. Da hätte ich die ersten Tage kein Problem."

***

Nachdem sich die ganze Aufregung um Mandys Verschwinden wieder gelegt hat, läuft die nächsten drei Wochen alles seinen gewohnten Gang. Morgens gehen die Mädchen zur Schule, und nachmittags notieren sie abwechselnd die Autonummern. Sehr viel Zeit bringen sie auch bei Frau Fink und den Tieren zu. Rocky hat sich dank der guten Pflege schon sehr gut erholt. Er ist inzwischen ruhiger geworden, so dass Frau Fink ihn schon ein paar Mal hinters Haus auf die Wiese bringen konnte. Nun erwägt sie, Zaumzeug zu kaufen und ihn ein wenig spazieren zu führen. Wenn alles so klappt, wie sie es sich vorstellt, dann kann sie es in absehbarer Zeit wagen, die Kinder reiten zu lassen. Natürlich nur unter ihrer Aufsicht und mit ausdrücklicher Genehmigung der Eltern. Dass die einverstanden sein werden, kann sie sich recht gut vorstellen, denn sie haben ihre Vorurteile ihr gegenüber längst abgebaut und sind inzwischen sehr freundlich zu ihr. Den Kindern hat sie von ihrem Plan allerdings noch nichts erzählt. Es soll eine Überraschung werden, wenn es soweit ist.

Nachdem Mandy wieder da war, löste Frau Fink auch ihr Versprechen ein: Himbeertorte gab es und heiße Schokolade, so viel man wollte und essen und trinken konnte. Ein richtiges Fest! Sie hatten ja schließlich dreierlei zu feiern: Einmal die Erlaubnis für die Tierhaltung, und zum andern weckte Herr Zippenfels die Hähne nicht mehr vorzeitig auf, indem er mitten in der Nacht krähte. Und das Allerwichtigste: Mandy war wieder da. Wenn das keine Gründe zum Feiern sein sollten!

***

Aber das Leben ist ja nicht eitel Sonnenschein. An einem Sonntagmorgen ist die ganze Straße Am Uhlengrund in heller Aufregung: In sieben verschiedene Häuser ist in der vergangenen Nacht eingebrochen worden. Als Karo beim Frühstück davon erfährt, läuft sie sofort hinaus auf die Straße. Kim folgt ihr. Die Leute stehen in kleinen Gruppen beieinander und reden wild gestikulierend. Niemand nimmt Notiz von den beiden Mädchen. Sie können sich überall dazustellen und mit anhören, was die Leute erzählen. Um sieben Uhr wurden die ersten Einbrüche entdeckt, und seitdem ist auch die Polizei im Einsatz.

„Aber man sieht ja gar kein Polizeiauto", flüstert Kim ihrer Schwester zu.

„Die Kripo kommt doch ganz unauffällig in Zivilfahrzeugen", antwortet Karo, die gar nicht gern gestört werden will und viel lieber den Leuten zuhört, als ihrer Schwester zu erklären, was ohnehin jeder normale Mensch weiß.

Dann reden die Leute von einer Handtasche, die auf dem Bürgersteig liegen soll und von der sie nicht wissen, wem sie gehört.

„Komm, wir gucken mal", schlägt Kim vor. Die beiden Mädchen lösen sich von der Gruppe und finden auch sogleich eine schwarze Handtasche, die neben dem Bürgersteig unter einem Busch liegt und von einem Auto verdeckt war. Sie gehen auf die Tasche zu und betrachten sie. Ein Schauder überläuft Karo: Die Gangster hatten diese Tasche in der Hand! Zu gerne hätte sie mal hineingeschaut, ob noch etwas drin ist. Da ruft jemand: „Lasst bloß die Tasche liegen, die muss zuerst die Polizei in die Hände kriegen!"

Es hat sie also doch jemand beobachtet. Aber sie wollte ja gar nichts wegnehmen; sie wollte bloß einmal nachschauen, was die Einbrecher nicht gebrauchen konnten.

„Komm, wir suchen mal, ob wir noch was finden!“ In Kim ist ein gewisses Jagdfieber ausgebrochen.

„Gute Idee!“, meint Karo. Da tauchen plötzlich auch ihre drei anderen Freundinnen auf.

Mandy ist ganz aufgeregt: „Bei uns haben sie auch versucht einzubrechen. Aber sie haben nur das Haustürschloss kaputtgebrochen. Vermutlich wurden sie gestört. Sie waren jedenfalls nicht in unserer Wohnung drin. Mein Vater hat es als Erster bemerkt und die Polizei gerufen. Die werden jetzt ganz schön froh sein, dass wir alle Autonummern aufgeschrieben haben. Sie fragen nämlich alle Leute, ob sie etwas Auffälliges beobachtet hätten.“

„Ja, und?“, fragt Karo interessiert. „Hast du der Polizei gesagt, dass wir schon seit einigen Wochen alle Autonummern aufschreiben?“

„Ich konnte ja nicht. Meine Eltern haben mich ja nicht rechtzeitig geweckt. Als ich wach wurde, war die Polizei schon wieder weg.“

„Mist!“ Karo ist enttäuscht. Das wäre eine gute Gelegenheit gewesen, von den Autonummern zu erzählen. Aber in diesem Fall muss sie vorsichtiger vorgehen, als in der Sache mit dem alten Höss, obwohl sie davon überzeugt ist, dass es für die Polizei kaum etwas Wichtigeres geben kann, als die notierten Autonummern. Mit Sicherheit wird sich bald eine passende Gelegenheit ergeben, wie sie ihre Notizen an den Mann bringen kann, beziehungsweise an die Polizei.

„Kommt mal mit", bittet Karo. Sie geht ein Stück voraus, ehe sie stehen bleibt und ihren Freundinnen Anweisungen gibt.

„Zuerst gehen wir alle zusammen bis zu Frau Finks Haus. Das ist etwa bis zur Hälfte unserer Straße. Dort teilen wir uns auf. Ihr lauft von dort aus bis zum Ende und sucht jeweils eine Straßenseite ab: Bürgersteig, Höfe, Vorgärten. Alles wird genau abgesucht!"

„Was sollen wir denn suchen?", fragt Malu.

„Ihr müsst halt schauen, ob die Einbrecher irgendwelche Gegenstände weggeworfen haben!"

„Handtaschen", unterbricht Kim ihre Schwester.

Fee lacht. „Ihr glaubt doch nicht, dass die Einbrecher mit Handtaschen rumlaufen und die auch noch wegwerfen, wenn sie mit dem Einbrechen fertig sind?"

„Blödsinn!", antwortet Kim. „Die stehlen sie in den Häusern, nehmen alles raus und werfen die Taschen nachher weg. Da vorne liegt doch eine. Auf dem Bürgersteig!"

„Also, vielleicht irgendwelche Werkzeuge, Handtaschen, Portemonnaies, Brieftaschen und so weiter", wiederholt Karo. „Wenn wir nämlich was finden, dann haben wir einen guten Grund, zur Polizei zu gehen und von unseren Autonummern zu erzählen. Jetzt machen wir zuerst mal alle zusammen diese Straßenseite bis zu Frau Fink, damit ihr wisst, wie's geht. Aber ihr dürft nicht so auffällig in den Garten gucken. Niemand darf merken, dass wir was suchen, sonst werden wir von allen Leuten angesprochen und gefragt, was wir vorhaben. Und wenn so ein riesiger Busch, wie dieser, dasteht", sie deutet unauffällig in einen Vorgarten, „dann auch unter dem Busch nachschauen."

„Ja", ergänzt Kim begeistert, „einer kann ja in den Garten gehen und so tun, als hätten wir einen Ball verloren. Einen kleinen natürlich, den man von der Straße aus nicht sieht. Falls wir erwischt werden."

„Meistens sieht man schon von der Straße aus, ob da was liegt, was nicht hingehört", sagt Mandy. „Und warum machst du wieder eine Extratour?", fragt sie Karo.

„Ich mache keine Extratour. Ich suche auf der anderen Straßenseite von Frau Fink aus zurück bis zu uns nach Hause und hole unser Heft. Oder hast du was dagegen?"

Inzwischen sind sie an dem vereinbarten Punkt angekommen, wo sich die Mädchen trennen. Jeweils zu zweit schlendern Mandy und Kim, Fee und Malu zusammen weiter, während Karo auf die andere Straßenseite wechselt und zurückgeht. Als sie drei Vorgärten abgesucht hat, dreht sie sich nach ihren Freundinnen um und sieht, dass sie alle beieinander stehen und interessiert einen dunklen Gegenstand betrachten, den Mandy in den Händen hält. Karo merkt sich, wie weit sie gekommen ist und läuft zu den Mädchen. Beim Näherkommen sieht sie, dass der dunkle Gegenstand ein Schmuckkästchen ist. In ihrem Eifer hat sie nicht bemerkt, wie zwei fremde Männer mit Aktentaschen aus dem gegenüberliegenden Haus kommen und auf sie zusteuern.

„Na, was habt ihr denn da Schönes gefunden?", fragt der eine freundlich und schaut auf die Schmuckkassette.

Das ist bestimmt der Kommissar, denkt Karo.

„Das Kästchen war ganz leer, als wir es gefunden haben", antwortet Mandy, während sie den Deckel öffnet und das leere Kästchen hinhält.

„Das haben Einbrecher so an sich, dass sie sich nur für den Inhalt interessieren. Aber wo habt ihr's denn gefunden?", fragt der Kommissar weiter.

Während Mandy und Kim seine Frage beantworten, spürt Karo, wie sie Herzklopfen bekommt. Jetzt ist die beste Gelegenheit, von dem Heft zu erzählen, denkt sie.

„Wohnt ihr alle hier in der Straße?", kommt auch schon die nächste Frage.

Als die Mädchen das bestätigen, will der freundliche Kommissar wissen, ob sie nicht in den letzten Tagen etwas Auffälliges beobachtet hätten. Sie würden sich doch bestimmt häufig auf der Straße aufhalten und dort spielen. Die Straße sei doch geradezu dafür geschaffen. Und Kinder seien schließlich sehr gute Beobachter. Den letzten Satz sagte er zu seinem Mitarbeiter gewandt.

„Wir schreiben schon seit längerer Zeit alle Nummern von den Autos auf, die hier durchfahren", fast hätte Karo vor Aufregung gestottert, „weil wir gedacht haben, dass vielleicht in unserer Straße auch mal eingebrochen wird."

„Karo will später mal Polizistin werden", platzt es aus Kim heraus. „Und sie wird bestimmt eine gute Polizistin!" Nach ihrer Mimik zu urteilen, könnte man noch nicht einmal genau sagen, ob Stolz oder ein gewisser Spott in ihrer Aussage verborgen war.

Der Kommissar lacht. „Und ...? Wann zeigst du mir die Autonummern?", fragt er.

„Wir haben alle abwechselnd aufgeschrieben", sagt Kim und möchte gerne ein Lob bekommen.

„Aber es war Karos Idee", schaltet sich Fee ein.

„Ich kann sofort nach Hause laufen und das Heft holen. Nur vormittags", schränkt sie ein bisschen ein, „da konnten wir keine Nummern aufschreiben, weil wir da ja alle in der Schule sind. Von nachmittags stehen alle drin."

„Gut! Sehr gut!", sagt der Kommissar und schaut seinen Mitarbeiter an. „Das wär' doch was! Das konnte uns bisher noch niemand bieten. Habt ihr auch die Fahrzeugtypen aufgeschrieben? Wir suchen nämlich speziell einen weißen Kleinbus."

„Ja, alles ganz genau. Die Autonummern, die Farbe und die Firma." Die Mädchen reden alle durcheinander. „Bloß, wenn wir so schnell die Firma nicht erkennen konnten, dann haben wir die Autos gemalt. Besonders Malu und ich", sagt Kim, und Malu ergänzt: „Wir gehen nämlich erst ins erste Schuljahr."

„Na, wunderbar! Dann zeigt uns mal euer Heft!"

„Ja, gleich!", ruft Karo, während sie schon losrennt.

Inzwischen notiert der Kommissar das leere Schmuckkästchen als Beweisstück in seinem Notizbuch.

Ganz außer Atem kommt Karo mit ihrem Heft zurück und reicht es dem Kommissar. Der blättert schnell die ganzen Aufzeichnungen durch und pfeift anerkennend durch die Zähne. „Donnerwetter!", sagt er. „Das hab' ich in meiner ganzen Praxis noch nie erlebt und sogar mit Datum!"

Karo ist so stolz, wie noch nie zuvor in ihrem Leben.

„Also, Samstag, der ..., dann wollen wir mal sehen, wen ihr da erfasst habt. Am Samstagnachmittag wurde von einigen Anwohnern ein weißer Kleintransporter beobachtet, der sich auffällig verhalten hat. Aber mehr konnte uns niemand sagen", erklärt der Kommissar den Kindern.

„Ah, hier! Ein weißer Kleinbus. Herr Kirsch, lassen Sie sofort den Fahrzeughalter überprüfen, ob er in Frage kommt. Wir können doch vorerst das Heft behalten? Ihr bekommt es auf jeden Fall zurück."

Herr Kirsch, der Mitarbeiter des Kommissars, entfernt sich etwas von seinem Chef, kramt sein Handy hervor, wählt eine Nummer und gibt die von den Kindern notierte Autonummer durch.

Die Mädchen stehen wie gebannt da und hören zu.

„Ja ..., ja ...", sagt Herr Kirsch zunächst ein paarmal gedehnt, aber dann antwortet er resigniert: „Nein, das kann nicht sein! Unmöglich! Jedenfalls vielen Dank!" Er wendet sich dem Kommissar zu: „Die Autonummer gehört zu einem dunkelblauen Daimler, der wiederum einer alten Dame gehört, und das Nummernschild gilt nicht als gestohlen. Es wäre ja auch zu schön gewesen!"

„Nun gut", sagt der Kommissar an die Kinder gewandt. „Ihr habt euch sehr viel Arbeit gemacht. Das macht euch so leicht niemand nach. Es hat halt nicht geklappt. Jedenfalls vielen Dank!" Er gibt das Heft zurück und wendet sich ab.

Enttäuscht nimmt Karo das Heft entgegen und blättert gedankenverloren darin, bis sie an den bewussten Samstag und den weißen Kleinbus kommt. Sie betrachtet den Eintrag: KO – XY 498. Es ist Kims Schrift und Zeichnung. Blitzartig kommt ihr eine Erleuchtung. Kim verwechselt manchmal die Acht mit der Neun. Die Autonummer könnte also auch genauso gut KO – XY 489 gelautet haben.

Karo rennt plötzlich los, dem Kommissar hinterher, der sich gerade anschickt, mit Herrn Kirsch einen weiteren Tatort zu besichtigen.

„Herr Kommissar!“, ruft sie schon, ehe sie in seiner Nähe ist. Er dreht sich zu ihr um, und sie hat den Eindruck, dass er über ihren Anblick nicht sehr erfreut ist. „Was ist denn noch?“, fragt er etwas ungehalten.

„Kim hat die Nummer aufgeschrieben, und sie verwechselt oft die Acht und die Neun. Also 98 und 89. Es könnte ja sein ...“

„Ich verstehe“, knurrt der Kommissar. „Herr Kirsch tun Sie ihr den Gefallen und fragen Sie morgen die Nummer ab! Jetzt müssen wir erst mal alle Einbrüche aufnehmen. Das verstehst du doch? Oder?“

Karo nickt und fühlt sich abgeschoben. Enttäuscht und mutlos trottet sie zu den anderen Mädchen zurück, die ihr, als sie sie kommen sehen, entgegenlaufen. „Was war denn?“, wollen sie wissen.

„Ach, Mist!“, brummt Karo. „Es ist alles schief gegangen, und du bist schuld, Kim!“

„Immer ich! Warum denn ich?“

„Weil du vermutlich wieder die Acht und die Neun verdreht hast. Und jetzt glaubt uns der Kommissar nicht mehr. Hier, guck dir das an!“ Sie schlägt das Heft auf. „Deine Schrift! KO – XY 498, und ich wette, dass es 489 heißt. Aber der Kommissar interessiert sich jetzt nicht mehr dafür."

„Aber du hättest ihm sagen müssen, dass Kim manchmal die Zahlen verdreht!", fallen die Mädchen über sie her.

„Hab' ich doch! Es interessiert ihn nicht mehr. Er hat mich damit getröstet, dass Herr Kirsch die Nummer morgen überprüfen lässt. Bis morgen hat er sie doch längst vergessen. Ach, alles Mist! Und jetzt waren wir den Einbrechern so nah auf der Spur ..." Wütend wirft Karo das Heft auf den Bürgersteig und geht nach Hause. In kleinen Grüppchen stehen noch die Leute beieinander, aber sie will gar nicht mehr wissen, was sie reden. Sie ärgert sich, und sie will sich ärgern. Will ihrer Wut freien Lauf lassen. Bloß darf ihr jetzt niemand in die Quere kommen.

***

Kim hat das Heft mit den wertvollen Notizen sichergestellt, und sie beratschlagt mit den drei anderen Mädchen, was sie nach dem Mittagessen machen könnten. Es kommt aber nicht viel dabei heraus und wird ein langweiliger verregneter Sonntagnachmittag. Wenn Karo nicht dabei ist, fehlt irgendetwas. Die wichtigste Person mit den besten Ideen.

***

Am Montagnachmittag, als Karo und Kim noch bei den Hausaufgaben sitzen, klingelt es plötzlich an der Haustür. Der Kommissar ist es und möchte die Mädchen sprechen. Während ihre Mutter durchs Haus nach ihnen ruft, hat Karo längst gehört, wer nach ihr und Kim verlangt; sie hat seine Stimme wiedererkannt. Indem sie mit Kim zur Haustür geht, befällt sie vor Aufregung wieder dieses innerliche Zittern. Ihr erster klarer Gedanke ist: Woher weiß er, wo wir wohnen? Aber da fällt ihr ein, dass er ihr womöglich nachgeschaut hat, als sie am Tag zuvor nach Hause lief, das Heft holen. Oder er hat sich ihre Namen gemerkt und hat jemand auf der Straße nach ihrer Wohnung gefragt. Jedenfalls ein super Kommissar, denkt Karo. Manchmal verhält er sich fast teilnahmslos, schweigt und bekommt doch alles mit. Genauso möchte sie mal werden! Alles mitbekommen und nichts übersehen! Und am besten ist es noch, wenn es niemand merkt.

„Hallo, ihr zwei!" Er lächelt und ist wieder sehr freundlich. „Warum schaut ihr so entgeistert? Ich kann euch eine gute Nachricht überbringen. Eure Autonummer war tatsächlich ein Zahlendreher. Also statt 498 war es die 489. Gleich gestern Abend konnten wir aufgrund eurer Hilfe die Jungs schon dingfest machen. Bei ihrer Festnahme konnte eine Menge Diebesgut sichergestellt werden. Unter anderem wertvoller Schmuck aus einem Einbruch bei einem Juwelier. Wenn wir die Autonummer nicht gehabt hätten, wären wir ihnen vermutlich noch lange nicht auf die Schliche gekommen. Wir wussten ja nur, dass eventuell ein weißer Kleintransporter in Frage kommt. Aber davon gibt es tausende. Ich kann euch zu dieser tollen Leistung nur gratulieren!"

Karo kann es nicht fassen. Entgeistert starrt sie den Kommissar an. Jetzt müsste sie jemand kneifen. Sie schließt die Augen und öffnet sie wieder. Nein, sie träumt nicht. Der Kommissar steht vor ihr und erzählt von wertvollem Schmuck, von teurer Sportkleidung und Turnschuhen, von Handys und Computern, die man bei den Gangstern gefunden hat.

Karo hört aber alles nur mit einem Ohr. Sie ist so unglaublich stolz, dass sie gar nicht mitbekommt, wie ihre Mutter den Kommissar ins Wohnzimmer bittet. Sie sitzen auf einmal alle vier um den Couchtisch.

„Ja, und dann geht es noch um die Belohnung. Zweitausend Euro waren zur Ergreifung der Täter ausgesetzt. Da könnt ihr euch überlegen, was ihr für einen Wunsch habt. Wie viel Hobbydetektivinnen seid ihr denn überhaupt?"

„Fünf", antwortet Karo, „wir beide, die Fee, die Malu und die Mandy."

„Aber ich hab' die Gangster geschnappt!" Kim

kann es nicht lassen, ihre Wichtigkeit in der Sache zu betonen.

„Weil du zufälligerweise grad dran warst, die Autonummern aufzuschreiben, und beinah wär's noch schiefgegangen."

„Nun streitet deswegen nicht!", greift die Mutter ein.

„Überlegt euch in Ruhe, was ihr euch wünscht", kommt der Kommissar nochmals auf sein Angebot zurück.

„Also, ich wüsste schon was", meint Karo, und sie wird ganz rot dabei.

„Und was wäre das?", will der Kommissar wissen.

„Ich würde gerne mal bei einem richtigen Polizeieinsatz mitfahren."

„Tja, das ist nicht so einfach. Das könnte zu gefährlich für euch werden, und aus diesem Grund ist es nicht erlaubt. Aber bei dieser tollen Leistung setze ich mich dafür ein, dass ihr alle mal mit einem Einsatzwagen fahren dürft. Allerdings ohne Einsatz. Eher eine Spritztour mit Einsatzwagen. Das wäre doch schon was? Oder?"

„O, ja!", rufen Karo und Kim.

„Aber dann hätten wir ja immer noch das Geld. Wie wär's denn mit einer Digitalkamera für jede von euch? Und vielleicht für den Rest noch ein Mountainbike? Damit wärt ihr unschlagbar in der Gangsterjagd. So gute Mitarbeiter wie euch braucht die Polizei! Und vielleicht sehen wir uns dann irgendwann wieder."